Robert van Gulik

NECKLACE AND CALABASH

项链案

〔荷兰〕高罗佩——著
张凌——译

大唐狄公案

MORE JUDGE DEE MYSTERIES

上海译文出版社

RH

RH

插 图 一 览

人　物　表

狄仁杰：蒲阳县令。回程途中，在河川镇驻留两日。

三公主：皇帝之爱女，居于河川镇以东的碧水宫内。

八　仙：宫女主管。

雷　莽：碧水宫主事太监。

文　同：碧水宫总管。

康把总：御林军统领。

修百长：康把总的助手。

魏　诚：渔王客栈掌柜。

戴　民：渔王客栈账房。

采　薇：魏诚的侄女。

郎　六：丝绸商人。

葫芦先生：游方道士。

一

细雨蒙蒙，密林中一片寂静。狄公又走了半个时辰，收缰勒马，抬眼望天，不禁面露忧色，如今只能看见一小片铅灰色的天空，细雨随时可能转成夏日急雨，头上的黑帽与身上的镶边褐色骑服皆已被打湿，潮气凝成水珠，挂在长髯与颊须上。今日午时离开村庄时，曾听人说过在林中每逢岔路口朝右拐，便足可在晚饭前赶到河川镇，自己定是在哪里走错了路，如今已骑行大约两个时辰，仍是满眼唯见密林，从未遇到一人。鸟雀停在黑压压的树枝上，不时婉转啼鸣，枯枝朽叶发出的腐臭之气似已渗入衣袍内。狄公用项巾一角揩揩长髯，眼看天色将晚，这片树林沿着河流南岸一路延伸，总有十几里长，若是果真在此迷路，很可能得在林中露宿一夜，想到此处，不禁心中忐忑，长叹一声，拿过用红绳系在鞍头的深褐色大葫芦，拔下塞子喝了几口水，只觉入口犹温，带有一股腐味。

狄公只觉眉梢凝汗，蜇得两眼酸涩，便垂首揩擦几下，再度抬头看路时，忽然浑身一凛，似是难以置信。只见对面有一人骑马过来，马蹄踩在柔软的青苔上略无声息，看去不但身形魁梧，且与自己极为相像：胸前一副长髯，头戴一顶黑帽，身着镶有黑边的褐色骑服，鞍头系有红缨，也挂了一只褐色的大葫芦。

狄公又揉揉两眼，定睛再瞧，方才松了一口气。林间本就幽暗不明，加上双目不适，未免看花了眼。对面那人的长髯中杂有不少银丝，胯下坐骑也并非骏马，而是一头长耳毛驴。狄公见驴背上横担着两杆短矛，不免又警觉起来，禁不住伸手握住自己身后的剑柄。

那人行至狄公马前，停下来径直打量，似在沉思默想，面庞宽阔，皱纹密布，身着一件打了补丁的旧衣袍，端坐在驴背上，双肩显得瘦骨嶙峋。方才看成是短矛的物事，实为一对曲柄拐杖。

狄公松开剑柄，彬彬有礼地说道："这位老丈，此路可是通往河川镇?"

老者并未立时作答，目光移到狄公鞍头挂的葫芦上，不禁微微一笑，晦暗古怪的两眼紧盯着狄公，开口说话时，却是声音洪亮、出人意表："正是。大夫顺着此路下去，总会走到河川镇，只是不免有些绕路。"

狄公心想这老者见自己一人独行，又携着一只郎中用来装药的葫芦，因此便错认为大夫了，正欲开口说明，只听老者又道:“老朽刚刚从河川镇抄近道过来，前面还有短短一程。我倒是乐意为你指路，只需走上一刻钟。”说罢掉转驴头，又喃喃念道:“你我不妨去瞧瞧从河中捞起的那人，想必正需要大夫照料一二哩。”

狄公正想申明自己乃是本州北边的蒲阳县令，转念一想，若是道出此言，免不了还得对这偶遇之人解释一番为何要轻骑减从、便装出行，于是索性只字不提，开口问道:“不知老丈做何营生?”

“老朽只是个游方道士，并无营生。”

“原来如此。晚生本以为老丈也是同行。敢问你那葫芦里装着何物?”

“并无一物，只是空空而已，不过比大夫葫芦里装的药更有价值！老朽并无冒犯之意。须知空比实更为重要，所谓‘埏埴以为器，当其无，有器之用。凿户牖以为室，当其无，有室之用。’[1]”老者说罢轻唤一声，驱着毛驴朝前走去，口中又道，“众人都管老朽叫作葫芦先生。”

狄公心想此人既是个不问世事的道士，就越发不必自报家门了，便又问道:“老丈方才说的从河中捞起一人，

---

[1] 语出《道德经》。书中直译为“你可以用上好的黏土做成一只好罐子，不过，若不是里头空空的话，罐子就全无用处。无论门窗如何华丽，没有了空，房子也就没有用处”。

又是何情形？”

“我离开河川镇时，听人说两名渔夫从岸边捞上一人来。这条路就是近道，老朽走在前面。”

林中的小径通向一片耕地，只见一个身披蓑衣的农夫正在锄草。顺着一条泥泞的小路，二人直走上沿河大道。此时细雨已停，薄雾弥漫在广阔的河面上，又湿又热，没有一丝微风。路边的房舍排成一线，行人也是穿戴齐整，不见一个乞丐。

狄公议论道：“看去似是富庶之地。”

“此镇虽小，却地处河边，便于交通与打鱼，因而得利不少。附近还有一座碧水宫，是皇家的消夏别墅，过了东边一片松林便是。穷苦百姓住在镇西，富人则住在鱼市那边的镇东。老朽知道有两家上好的客栈，一家名叫渔王，另一家名叫九云。若是大夫预备要投亲访友的话……”

“不不，敝人在此地无亲无故，只是路过而已。老丈带着双拐，敢问是腿脚有些毛病？”

“一条腿跛了，另一条也不大灵便，想必大夫也无能为力！你看，官府的人已经赶到，果然一向都防范甚严！如此说来，从河里捞出的人也无须大夫照料了！不过还是去看上一眼。”

鱼市前的宽阔码头上，一小群看众正围在船坞旁。一片人头之上，只见一名军官骑着高头大马，头戴镶有红缨的镀金头盔，系一条大红项巾，可知是御林军百长。

葫芦先生拿起拐杖，下了驴背，朝人群蹒跚走去。毛驴垂下一只耳朵，在鹅卵石地面上开始寻觅吃食，狄公也甩镫下马，跟在后面。众人似是认得葫芦先生，纷纷让出道来。

一个大汉低声说道："葫芦先生，那人竟是戴民，原在渔王客栈里当账房，已是死得没法救了。"

两名身披锁子甲的兵士将看众挡在河湾处，不得近前。狄公从葫芦先生身后望去，只见一人横躺在御林军百长坐骑前的地上，一瞥之下，禁不住朝后退去。虽说以前也曾见过形形色色的尸体，但是眼前这具着实触目惊心。死者是个青年后生，身上只套着一件长袖外褂，双臂伸展，湿漉漉的长发贴在肿胀扭曲的脸面上，腿脚光裸，显出道道烧灼后的印记，两手被砍得不成样子，腹部也被切开，已是肚破肠流。一名副官正跪在尸体旁，身披镀金肩甲，后背显得格外宽阔。

"他的左袖里有个扁平包裹，里面定是我的银子！"有人嘶声叫道。

副官喝斥道："闭嘴！"

说话之人立于前排，面容干瘦，挺着一管鹰钩鼻，蓄一副蓬乱的胡须。

葫芦先生对狄公低声说道："那人便是渔王客栈的掌柜魏诚，遇事总是先想着银钱！"

狄公草草看了一眼，却见掌柜身旁站着一个女子，年纪大约十七八岁，身段苗条娇小，穿一件蓝布长裙，腰系红绦，一头乌发盘成简朴的双髻，将头扭到一边，不去看那死者，一张俏脸惨白如纸。

副官从地上站起，对百长恭敬说道："启禀官长，死者看去在水里已泡了一天。不知官长有何吩咐？"

百长似是听而不闻，方才已用大红项巾掩住口鼻，因此狄公看不清他的脸面。只见他直盯着手中的马鞭，拳头攥得紧紧，披一副镀金胸甲，看去身形清瘦，一动不动坐在马上，几如一尊铜像。

副官又问道："不知官长有何吩咐？"

"将尸首送回大营，连同那捞起尸首的渔夫和死者的东家也一并带去。"百长闷声说罢，拨转马头，疾驰而去，身后的看众立时跳到两旁，免得被踩于蹄下。只见他直朝大路奔去，马蹄踏在潮湿的鹅卵石上，发出一串哒哒声。

副官大声喝道："众人退后！"

二人朝坐骑走去时，狄公说道："真是一桩惨案！不过，死者既是平民，为何军营要插手此事，而不是交给当地县令处置?”

“大夫有所不知，在河川镇内并无县令。全是由于那碧水宫的缘故，此镇及其周围地带皆被称作禁域，都归御林军统辖。”葫芦先生说着骑上毛驴，将两根拐杖担在驴背上，“你我就此别过。你顺着那百长的方向一路下去，便是镇里的集市，过了兵营不远，自会看见两家客栈，一是渔王，一是九云，门面彼此相对，都很舒适考究——随你自己挑选吧!”说罢口中轻唤一声。狄公还没来得及道谢，只见那老者已骑驴悠悠离去。

狄公登鞍上马，朝鱼市一角的铁匠铺走去，胯下的坐骑着实需要休息。狄公给了铁匠几个铜板，吩咐他将马匹好好洗刷一番，再喂饱草料，明日一早便来取回。

狄公走入大街，忽觉长途骑行后两腿僵硬，口中也十分焦渴，看见头一家茶坊，于是迈步走入，要了一大壶热茶。有五六人正围坐在窗前的大桌旁，一边嗑着瓜子，一边议论纷纷。狄公呷了几口茶水，心想这里既是管束甚严的禁域，抵达之后，理应立即去军塞登记，葫芦先生说过两家客栈比军塞稍远，不妨顺路先去军塞办理此事。渔王客栈的账房刚刚遭人虐害，死状又甚为凄惨，想必人人都心绪不佳，还是去另一家投宿为上。不过“渔王”这名字听去倒是不错，自己正有意在此地钓上几回鱼，在蒲阳公务繁忙，从来无暇及此。狄公伸一伸腿脚，心想那杀人凶手不定很快便会落网，比起地方官府来，军营巡兵虽说略显生硬粗暴，办事却十分迅速得力。

这时又有几个客人一径走入，狄公顺耳听到了几句议论。

“魏掌柜全是胡扯，”一个老年店主说道，“戴民没偷东西。我以前认识他爹，开着一家杂货店。”

“他要不是带着一大笔银子，道上的劫匪不会对他下如此狠手，”一个年轻后生说道，“况且还偷偷摸摸半夜出行。我是从铁匠那里听来的，戴民从铁匠铺租了一匹马，说是要去看望一个生病的亲戚。”

众人说着话朝前走去，在远角处坐定。

狄公给自己又斟满一杯茶水，不由想起葫芦先生说过的话来。那老道士看去似是个饱学之士，不过道士通常不愿受制于宫观里的清规戒律，许多文人学士上了年纪之后，孑然一身，看淡世事，便开始云游四方。这时茶坊内来客愈多，变得嘈杂喧闹。伙计点亮油灯，烟火与湿衣的气味混在一处。狄公付过账后，出门离去。

天上又落细雨。狄公穿街而过，在货摊上买了一片油布，遮住头顶双肩，快步朝前走去。

经过两条大街后，面前出现一大片四方开阔地，正中央立着一座巨大的三层房舍，犹如堡垒一般，红蓝二色旗幡从铺有宝蓝琉璃瓦的屋顶上垂落下来，朱漆大门的雨篷上书有“御林军左翼二团”几个大字。两名守卫站在灰石台阶上方，正与一个军官交谈，正是方才在码头见过的那名副官。狄公正欲上前，不料那副官降阶而下，朗声说道：“这位先生，百长正想见你，请随我来。”

狄公闻之愕然，还没来得及开口，副官已消失在房舍的拐角处。只见他打开塔楼的一扇窄门，指向一行狭窄陡峭的台阶。狄公顺阶朝上走了几步，就听见背后传来关门上闩的声音。

二

二楼的过道颇为幽暗，副官敲开一扇木门，请狄公进去。室内十分轩敞，却是空空荡荡，后方摆一张简朴的书案，案上点着一支蜡烛照亮。百长正坐在书案后方，年纪甚轻，身量低矮，一见狄公，连忙起身上前相迎，咧嘴笑道：“欢迎狄县令大驾光临河川镇！小校姓修，乃是军中百长，狄县令请坐！”

狄公目光锐利地扫了一眼，只见对方面相机敏，留着短短的髭须，颏下一小绺粗硬的山羊胡，自忖以前从未见过此人。修百长一指书案旁的圈椅，接着又道：“两年前，小校曾在汉源见过狄县令一面，不过当日狄县令正忙于勘查湖滨大案，自然不会留意到钦差的一名手下！”又转头对副官说道：“刘副官，你且退下！过后我自己动手沏茶。”

狄公微微一笑，回想起在汉源那些惊心动魄的日子[1]，将宝剑放在墙边的条几上，依言落座，开口说道：“想来百长是在码头边认出了本县？”

“正是。狄县令就站在可敬的葫芦先生旁边，看去似是微服出行，因此不好当即上前寒暄。小校深知狄县令过不多久自会来此处登记，便吩咐手下在门口留神观望。莫非此行真有特殊公务在身？居然独自一人前来……”修百长说到此处语声渐低，斟出一杯茶水，坐回书案后方。

“并无此事。十天前，刺史召我前去州府，协同办理一桩与蒲阳有涉的走私案。我带着两名亲信马荣乔泰随行，着实忙碌了几日，过后刺史命我返回蒲阳，一路徐行即可。我等原想在这河川镇逗留几日，不意途经关帝庙村时，村长道是有几头野猪时常毁坏庄稼，请求施以援手。马荣乔泰皆擅长打猎，于是我命他二人留下帮忙，自己只身先行，并约定后天在此地会合。我打算稍事歇息，然后出去钓几回鱼，自不必露出官家身份来。”

“好个主意！再问一句，狄县令从哪里得来的葫芦？”

“这大葫芦是关帝庙村的特产，村长非要送给我一个。正是因为此物，我竟被葫芦先生误认作是走江湖的郎中！”

修百长若有所思瞧了狄公一眼，缓缓说道：“不错，狄县令这身打扮，很容易被人认作大夫。”说罢略略思忖片刻，又道：“葫芦先生若是得知狄县令并非郎中，定会

---

❶ 见《湖滨案》。——原注

大失所望。他不但精通药理，还喜欢与人议论切磋。”

“实不相瞒，我并未对他道破，”狄公说话时略显难堪，“因此也省得解释许多。不知此人是何来历？”

“葫芦先生年高德劭、颇富学识，过去四五年一直不离此地，隐居在林中的一个小茅棚里，好似世外高人一般。狄县令请再喝一杯！”修百长说罢揉揉鼻尖，迅速瞥了狄公一眼，又道，“如果狄县令着实想清静几日，依小校之见，不妨就自称大夫。此地既是禁域，又有各级官员来往，狄县令匿名在此，未免……未免会引起他人误解。小校曾作过特使，深知为官者的心思！”

狄公手捻髭须，心想若是作为县令来访，须得与当地官府正式照面，还得穿戴上全套官服官帽——这些东西如今仍留在关帝庙村，与其他行李放在一处，当然也可临时借一身来暂用，再租一乘官轿，不过此类繁文缛节，正是这几日里避之唯恐不及的……

修百长见狄公面色犹疑，连忙又道：“小校自会代为处置，包管事事妥当！狄县令理应好好休息几日，听人讲过蒲阳县出的淫僧案，狄县令办得实在漂亮[1]！让我想想，有了，我认得一个京城里的大夫，如今已不再行医，

---

[1] 见《铜钟案》。——原注

姓梁名牟，也是身材高大，一把美髯，擅长治肺病肝病。”说罢抽出一张纸来，提笔蘸墨写下几行字，“狄县令想必也略懂医术？好得很！能否给小校看看所携的官牒？”

狄公从靴筒内抽出一张纸来放在书案上，开口说道：“本县并不以为……”修百长却一心细看官牒，抬头说道：“真是太巧了！连生辰年岁都相去不远！”说罢用指节在桌上敲敲，大声叫道：“刘副官！”

刘副官应声入内，显见得方才一直候在门外。修百长将写好的字纸与狄公的官牒一并递过：“你去另写一份来，就用这个名字，看上去不可过新！”

刘副官领命敬礼，转身出去。修百长两肘据案，急急说道：“小校实是遇到一点难题，狄县令微服在此，或可助我一臂之力，不会占用你太多工夫，却是帮了我一个大忙！若论官阶，狄县令自然要比小校高出许多，不过你我所做的公事却颇为相类……还请狄县令务必帮我这一回！我常说为了从另一面去看……”

“你最好先说说到底有何难题。”狄公淡淡说道。

修百长起身离座，朝挂在墙上的一张大图走去。狄公坐在椅中，看见图上绘有河流以南的地带，包括河川镇的详细格局。东边有一片方形空白，标着“碧水宫”三个大字。

修百长一挥手臂，说道:“整个禁域都归碧水宫直接管辖。狄县令想必知道，这四年里，碧水宫一直是三公主的消夏之所。”

“此事本县并不知晓。”狄公答道，不过总归听说过三公主。她是当今圣上最钟爱的女儿，据称美貌绝伦。圣上对她一向有求必应，在世人想来，如此一位公主必是娇纵任性、喜好奢华，谁知却并非如此，竟是天资聪颖，且又饱读诗书，对各门才艺与学问都深有兴趣。不少家世显赫的年轻朝臣都曾被视为驸马人选，但是圣上一再拖延许婚。三公主如今应是二十有五了。

修百长接着说道:“官阶最高者现有三人，两文一武。一位是主事太监，负责三公主、贴身宫女与所有侍婢，还有一位宫内总管，负责其他人员，大约有上千人。康把总既是御林军统领，也是小校的上司，负责碧水宫的安全和禁域内其他地方。他在宫内设有官署，整日公事繁忙，因此派给我两百名卫兵，命我主管河川镇和附近的乡下。此镇地方不大，一向平安无事，为了避免疫病传到碧水宫去，当地不许有妓馆娼寮和烟花女子，不许唱戏，也不许行乞，并且极少有罪案发生，因为出在此地的任何不法行径，都会被视为欺君犯上之罪，将要凌迟处死，即使最死硬的罪犯也不敢冒着被千刀万剐的风险！平常刽子手顶多用一二个时辰，但是听说宫里的行刑手能剐上几天的工夫，且不会让犯人断气哩。”说罢揉揉鼻尖，沉思片刻，又道：“他们自然手法极为上乘。无论如何，结果便是所有盗贼、偷儿和无赖闲汉全都远远躲开此地！”

“既然如此，修百长的公务倒也不甚繁难，只是例行管辖而已。”

修百长重又坐下，郁郁说道：“却也未必。狄县令有所不知，这里虽没有小毛贼，却成了大魔头的绝好去处！试想一个腰缠万贯的恶人，又有许多仇家，要想安心消遣一阵，哪里还能找到比此地更好的去处？自是不必担心会遭遇仇杀。试想一个主持走私生意的巨枭，或是一伙贼寇的首领，倘若在自家地盘里，就得派人日夜守卫，提防对头派来的刺客。但是身在此处，大可随意走动，不必担心横遭侵扰。狄县令如今明白小校的难处了吧？”

“还是不甚明白。既然所有来人必须登记，为何不将那些可疑之人打发走？”

修百长摇头说道：“其一，成百上千的游人都是正派良民，大多数商贾也是来做合法生意。我们不可能一一核对其家世来历。其二，本地百姓的收入，有相当一部分来自外地游人。若是我们对所有游人管束过严，他们便会避开此地。朝廷曾有严令，命我等与百姓和睦相处，狄县令也知道，当今圣上一向有‘仁君’的美名。因此这局面十分棘手，没人说得准前来逍遥快活的大魔头们何时会突生事端，而维持河川镇安宁之责，正是落在小校一人肩上！”

“确实如此。不过，本县仍看不出有何事可以为你效劳。”

“狄县令不妨先观望一下本地情势！就是说可从另外一面去看。狄县令断案如神，见多识广，必会……”

狄公抬手说道：“好吧，本县并不介意先从旁观望一番这种种隐患，再……”

此时有人敲门，只见刘副官走入，将两份公文放在修百长面前，一是狄公所携的官牒。修百长留神看第二张，边角有些卷折，纸面略显陈旧，不禁咧嘴笑道：“如此甚好！刘副官，真是好极了！狄县令请看！”说罢推到狄公面前，却是一张身份文书，名为大夫梁牟，由京师衙门四年前签发，生辰虽与狄公一样，住址却是京城里一个出名的里坊。

“狄县令想必注意到了上面所写的年月？”修百长说着搓搓两手，“正是京师衙门向所有百姓签发新官文的日子！刘副官，干得漂亮！”说罢从抽斗中取出大印，盖在纸张一角，在印章处写下“此人欲回京师，可驻留三日”，后面附上日期，又大笔一挥署上自家姓名。

“狄县令只管拿去！全都办妥了！小校将你原来的官牒留在此处锁起，若是被人发现揣有不同的两份，未免有些尴尬！依我之见，不妨就去渔王客栈投宿，此店十分清静，有头有脸的人物几乎都住在里面。”修百长说罢，起身又道，“还有一事自不待言，小校愿为狄县令随时效劳，无论昼夜，有事但说无妨！”

狄公随之起身，说道：“实不相瞒，修百长提起有疑难时，本县还以为说的就是渔王客栈账房被杀一案。你在码头上已见过了他的尸身。”

“真是一桩凶案！不过那厮是在小校的辖区之外被杀的，我当即派人出去勘查过。丑时左右，更夫看见他离镇朝东而去，我的手下巡兵在周围一带没发现任何盗贼或劫匪的踪迹。此人在上山的半途中遇害身亡，凶手在上游几里外抛尸入河，尸体顺流而下，漂到船坞对面时，恰被水草缠住。小校自会将此案移交给狄县令的同僚去办，即河川镇东边邻县的县令。在死者的衣袖中，还发现了几样东西。”

修百长引着狄公走到一张条几旁，抬手指指桌面。只见一张折起的地图、一把算盘、一包名帖和一串铜板。

兵营内狄公看地图

狄公随手打开地图，细细端详半日，说道：“此乃本州详图，上面还用朱笔标出了从河川镇去东边山梁上十里村的路线。”

“正是！死者不但预备要去十里村，还从店里偷了二十锭纹银揣在身上。那魏掌柜一向爱财如命，无人不知，居然有脸要我赔偿他丢失的银子！还请狄县令将这算盘还给那小气鬼，免得他回头告我偷去此物！”

狄公将算盘纳入袖中：“本县乐意照办。不过，修百长最好将此事记入案录中，不定会与案情有关，比如说那账房预备外出办些复杂的银钱事务。”

修百长耸耸肩头：“俗话说秤不离砣、砣不离秤，账房自然总带着算盘。不过我定会注明此事。”

狄公将宝剑负在背后，又问道：“修百长如何知道账房偷窃银两？”

“老魏说是那后生从钱柜里取出的银子。他自然知道柜里有多少银钱，连剩几个铜板也是一清二楚，这一点绝不会错！魏掌柜将渔王客栈打理得甚好，性情却怪僻刻薄。就在半个多月前，他老婆竟跟人跑了，虽说这女人行事不端，众人也并没十分苛责。若是狄县令能对此案指点一二，小校自当感激不尽，不过万万不可耽误了下河钓鱼！此地有极好的鲈鱼，也有鳟鱼。”

修百长依礼恭送狄公下楼，刘副官推开房门，外面正下着倾盆大雨。

“天气真糟！幸好渔王客栈就在前头不远处——在狄县令右手边。雨夜难行，一路顺风！”

三

大雨之中，狄公手举一块油布遮住头顶，快步朝前走去。此时将近晚饭时候，街中空空荡荡，不见一人。想起修百长，狄公不禁苦笑一下。此人未免太过圆滑，那一番关于外路恶人惹是生非的说辞纯属无稽之谈，对于账房被杀一案似又兴趣无多，为何要让自己匿名逗留在此地，想必另有缘故，而且定是非同小可，否则不会费此周折造出一个梁大夫的假身份来。修某人不但十分精明，且又目光敏锐——尽管自己穿着随意，仍是被他一眼就认了出来。

狄公忽然止住脚步，浑似忘记了身在雨中。码头上那位百长看去身形清瘦，修百长却是粗壮敦实，当时自己只瞥了一眼，况且那人的脸面还被项巾遮去一半。狄公紧皱浓眉，回想起方才刘副官引路迅速从侧门上楼，因此没人看见过自己进出修百长的官署，如今不但孤身一人在这陌生之地，且又怀揣一份假造的官文，心里忽然有种不祥之感，似乎不久便会遭遇麻烦，随即又耸耸肩头。若是真有什么阴谋诡计，想必很快便会知晓。

前方柱廊的檐下，一盏红灯笼正左右摇晃，上书“渔王客栈”四字。街对面果然有一盏更大的灯笼，上书“九云客栈”。狄公犹豫片刻，还是选了前一家，抖一抖湿淋淋的油布，走入空穴似的大厅，里面点着一支高大的黄铜烛台照亮，影子投在墙壁上，看去颇为古怪。

柜台后的一名年轻伙计说道：“这位先生，所有大房皆已客满，不过二楼还有一间舒适的小客房。”

“就要这间。”狄公说罢，一边用大夫梁牟的身份填写登记簿册，一边又道，“在上楼之前，我想先去沐浴更衣。等你指给我浴房在何处后，再派人去码头跑一趟，从铁匠铺里把我的鞍袋取来。”写罢后推回簿册，摸一摸衣袖，取出那把算盘：“方才在兵营中登记时，官长叫我顺便前来归还。贵店账房的尸身被人从河里捞起时，这算盘正是他随身所携之物。”

伙计谢过狄公，将算盘放入抽斗中，冷笑一声说道：“掌柜在码头看见戴民的尸首，还以为这就是他那一包二十两银子哩。老吝啬鬼活该有此报应！”说罢扭头一瞥，只见一面高大的槅扇屏风背后，一名男子正伏在书案上：“小人这就带你过去，大夫！”

浴房设在客栈后方，更衣室内空无一人，却堆着不少衣袍，从竹门后方传来聒噪之声，可知有人正在洗浴。

狄公脱掉靴子，将宝剑、葫芦和淋湿的方帽悉数放在架上，又从袖中取出装有银钱的锦囊与官文，扣在帽子底下，然后脱去身上所有衣物，打开拉门。

在大浴池前方，两名男子正在比划拳脚，口中大叫大嚷，摆出花架子逗引对方上前，皆为面貌粗鄙的彪形大汉，似是地痞无赖之流。一见有人进来，二人立时住口收声，恶狠狠瞧了狄公一眼。

“接着打，不过把你们的臭嘴闭上！”有人冷冷命道。

发话者是个身材魁梧的中年男子，坐在池边一张矮榻上，背后站着浴房伙计，正用力按摩他肥厚的双肩。两条大汉重又操练起来。狄公蹲在黑砖地上，舀了几桶热水浇湿全身，随后坐在榻上，等那伙计过来帮忙搓洗。

旁边的男子彬彬有礼地问道：“这位先生从哪里来？”

“从京城而来。敝人姓梁，是个大夫。”在客栈中，浴房乃是众人唯一碰面寒暄之处，若是不客气应答的话，未免有失礼数。

男子打量一下狄公健壮的臂膀与前胸：“大夫一看就医术高明，这浑身上下便是一块活招牌！在下名唤郎六，家住南方，那两个乡巴佬是带来的随从。我本是……嘶！”此时伙计正拿冷水浇下，郎六不禁深吸一口气：“我本是贩售丝绸的，在这里消遣几日，没想到会遇上如此糟糕的天气!”

伙计为狄公搓澡时，二人又接着议论了几句南方的天气，然后狄公走入池中，伸展腿脚躺在热水里。

郎六揩干全身，对两条大汉命道:“该走了!”那二人连忙擦擦身上，俯首帖耳地跟在后面，一径走回更衣室。

狄公心想郎六看去倒不像是修百长所说的大魔头，甚至称得起仪表堂堂，面貌端正，态度高傲，蓄着一绺山羊胡，富商大贾时常也会带保镖出行。此时全身浸入热水中，狄公只觉僵硬的四肢渐渐松弛，不过腹中渐觉饥饿，于是站起身来，命伙计替自己擦干。

两只鞍袋已放在更衣室的角落处。狄公打开头一只，想取出一件干净的长袍，忽然猛吃一惊。这鞍袋向来由马荣照管，总是拾掇得整整齐齐，如今里面的衣物却叠得十分潦草。狄公迅速打开另一只，只见睡袍、毡鞋和备用帽子全在里头，也明显被人翻动过，又赶紧查看架上的帽子，发觉锦囊中虽然分文未缺，新官文却沾湿了一角。

“那郎六真是个好奇之人，抑或只是小心谨慎而已。”狄公喃喃说罢，穿起一件干净的白布中衣，又套上一件深灰色长袖衣袍，乏力的脚掌踩在毡鞋里，感觉十分轻软舒适，脱下的湿衣脏靴全留给伙计去清理，随后戴上一顶黑纱方帽，拿起宝剑和葫芦，重又走回大厅。

伙计引路上楼，行至一间客房内。地方虽不甚大，却十分整洁，桌上点着蜡烛照亮。伙计答应很快便会送晚饭来。狄公推开窗户，外面已风停雨歇，一轮明月洒下清辉，湿漉漉的屋顶看去闪闪发亮。客栈后院却是冷冷清清，正中央有一片枯树与茂密的灌木，后墙处建有一幢低矮的仓房，通向狭窄小巷的后门半开半掩。庭院右边是马厩，狄公看在眼里，心想明日应叫马夫将自己的坐骑从铁匠铺里牵回来。左边传来嘈杂的叫嚷声，兼以碗碟叮当作响，显见得正是灶房。庭院一角还有鸡笼，钉得粗糙简陋，或许是哪个精明厨子的喜好。

忽听有人叩门，狄公转头一看，不禁颇为惊喜。只见一个窈窕女子走入，将盛有晚饭的托盘送到桌上，身着蓝布长裙，腰系大红丝绦，两端的流苏垂曳及地。狄公和蔼说道："我在码头上见过姑娘。你本不该前去，那景象实在惨不忍睹。"

女子羞涩地望了狄公一眼，一双大眼明亮有神："这位客官，是掌柜带我去的。军中百长说过，要正式认尸的话，须得有两名亲属。"

"原来如此。我看姑娘不像个侍女。"

"回客官，小女子乃是魏掌柜的远房侄女。半年前，父母双双故去，叔叔就带我来到这里，帮忙料理家务。今日账房出了意外，店里的姑娘们都忙着议论此事，因此……”

女子用左手托起右袖，为狄公倒了一杯茶水，姿态娴雅大方。借着烛光，狄公看得更为分明，只觉这女子不仅容貌美丽，还别有一种微妙难言的动人风韵，于是在桌旁坐下，随口说道：“楼下的老式浴房看去甚好。我还遇到另一位客人，自称姓郎。他在这里想是住了不少日子？”

“也就半月左右，不过他是常客，其中也自有缘故。郎掌柜在镇里开了一家绸庄，非常阔绰，每次最少也要带八名随从同来，住在楼下最上等的厢房内。”女子口中说着，将碗碟一一挪到桌上。

狄公执箸在手，又道：“在码头围观时，我听见魏掌柜说那倒霉的账房偷了他二十两纹银。”

女子轻蔑地回道：“没准那些银子只是我叔叔臆想出来的罢了！他满心指望着官府会如数偿还哩！戴民可不会偷东西，向来淳朴厚道、性情开朗，为何那些劫匪如此狠毒，非要将他折磨成那副模样？他并没多少钱。”

“怕是为了泄愤也未可知。显见得贼人看他是个账房，以为定会带着一大笔银子。你想必对他知之甚深？”

“正是，我们常常一起去河里钓鱼。他在此地土生土长，对河边的一木一石都了如指掌。”

“姑娘是不是……与他过从甚密？”

女子微微一笑，摇头说道：“只因我划桨划得好，戴民才愿意带我同行，否则根本不会理睬，因为他的全副心思都在……”说到此处，忽然住口不语，轻咬樱唇，又耸耸肩头，“既然他人已不在了，说出来想也无妨。他对我那婶婶一往情深。”

“你婶婶？想来年岁应比戴民大过不少？”

“可能要大上十岁。不过他二人全无暧昧，戴民只是远远地爱慕她！而婶婶却浑不在意戴民。客官或许已经听说，她跟别人私奔了。”

“你可知道那人是谁？”

女子连连摇头：“婶婶将这段私情瞒得紧腾腾，我做梦也没想到她竟会生出外心来。听叔叔说她与人勾搭、离家而去，我简直没法相信。婶婶从来都是又文静又和气……比我那叔叔要好得多！”说罢迅速打量了狄公一眼，又微微笑道：“与客官说话，真是叫人舒心！没准儿因为你是个大夫。”

狄公听见这最末一句，竟有些莫名着恼，心中想起一事，又问道：“既然戴民十分爱慕你婶婶，她与人私奔，想必令戴民很是沮丧吧？”

女子理理云鬓，沉思说道：“不，他一点儿不难过。

要是想一想，就会觉得此事好生古怪。”

狄公扬起两道浓眉：“当真如此？比起短暂的露水情缘来，那些历时颇长、纯是存于心中的恋慕，对一个男子的影响会更为深重。”

“绝不会错。有一次，我看见他在一旁算账，还不停哼唱着小曲哩。”

狄公夹起几片腌菜，送入口中慢慢咀嚼。魏太太显然骗过了这小姑娘，戴民正是她的相好。在戴民随身所携的地图中，有一条用朱笔标出的通往十里村的路线，魏太太独自一人先行，约定戴民过上十天半月后再来会合，不料却在途中死于非命，如今那女人定是仍在十里村空自等待。此事务必要报与修百长知晓，再转告邻县县令，人人都以为戴民是被劫匪所杀，或许实情更为复杂。“哦，你方才说些什么？”

“我问大夫来这里，是不是为了给谁看病。”

“非也，只是为了休息几日，预备出门钓鱼。想来姑娘会告诉我有哪些好去处。”

“还不止于此哩！我可以亲自划船送你过去。今天非得在店里帮忙，不过明日一早就没事了。”

“多谢美意，且看明日天气如何。敢问姑娘芳名？”

“回客官话，小女子名叫采薇。”

"好好，采薇，你还得做事，我不便继续打扰，多谢了!"

狄公津津有味地吃罢晚饭，又慢饮了一杯浓茶，靠坐在椅背上，只觉得身心俱泰。楼下有人在拨弄月琴，隐约传来轻快的乐声，更显出客栈里其他地方格外幽静。狄公凝神倾听半晌，似是有些耳熟，待琴声终止时，方才坐直起来。

如今可以断定，疑心修百长有所图谋，必是由于自己长途跋涉、穿林而过后颇觉疲累。为何他一定不会对外人如何看待本地情势抱有兴趣？至于刻意造出假身份，则是因为办理机密事务者常爱在这些细处用心思。这下总算是豁然开朗了！狄公想到此处，不禁微微一笑，起身离座，踱至条几前，打开装有笔墨纸砚的漆匣，选了一张上好的红纸，又折成几段、撕作六条，提笔蘸墨写下六张大字名帖，署名自然全是"大夫梁牟"，写好后悉数纳入袖中，拿起宝剑和葫芦，出门顺阶而下，意欲外出走走。

阔大的厅堂内，魏掌柜立在柜台后方，正与一名伙计小声嘀咕，一见狄公，疾步上前躬身一揖，哑声说道："这位大夫，在下魏诚，乃是敝店掌柜。刚有一人前来送信，却不肯道出自家名姓，我让他在外面等候，方才正想派伙计上楼去告知大夫。"

狄公听罢，不觉肚内暗笑，心想这定是修百长派来的信使，又见自家皮靴就放在门旁的一堆鞋子当中，于是上前换过，走出门去。只见一个高大男子抱臂倚柱而立，身着黑色外褂与阔腿裤，上衣与圆帽皆镶有红边。

“敝人正是大夫梁牟，不知有何贵干?”

“有人生了重病，正等着大夫去瞧瞧。轿子就停在那边。”

狄公心想修百长捎来的消息必定十分机密，便跟随那人走到轿前。大轿停在离街面稍远处，四面皆用黑布遮住，六名轿夫原本靠墙蹲在地上，此时霍然立起，穿戴亦是一式镶红黑衣。狄公掀开轿帘，与里面的一个年轻女子正对上脸，不禁呆立在地。只见她身披一袭黑斗篷，头戴兜帽，一张俏脸看去苍白高傲。

“在下……在下可不会医治妇人病，”狄公嗫嚅说道，“姑娘还是另请……”

“大夫先坐进来，我自会解释。”女子说罢朝里一挪，腾出空位来。狄公刚在窄凳上坐定，门帘便被人从外面掩上。轿夫们抬起轿杠担在肩上，快步朝前走去。

四

“如此行事，简直岂有此理，究竟是何意思?”狄公冷冷发问道。

“意思便是家母想要见你。”女子厉声回道，“众人称她八仙夫人，乃是三公主殿下的宫女主管。”

“令堂莫非有病在身?”

“等你我出了镇子，走进树林后再说不迟。”

狄公决意先不多问，等到对这趟秘密差使知之更详后再说。此时轿夫们放慢了脚步，外面十分寂静。

约摸过了一刻钟，女子忽然拉开窗帘，此时正经过林间小道，两旁皆是高大的松树。女子抬手放下兜帽，只见一头乌发盘成单髻，样式简素别致，前面别着一把嵌有银丝的金梳，小巧的鼻梁略微上翘，平添了几分活泼俏皮，转头对狄公开言时，口气却依旧冷硬:“我非得先说一句，此事的前因后果，我全不晓得，只是奉命而行！因此你也不必徒费口舌，跟我问这问那了。”说罢伸手在凳下摸索，取出一只扁平匣子，搁在膝头，正是大夫用来装药方的朱漆方盒："在此匣中，你自会看到有一沓空白药方，还有十来张你的名帖，并且……"

"多谢姑娘，在下已自行备好了名帖。"

"随你自便。里面还有几副膏药、六包药粉，全是正经货色。在上游二百多里之外，有个镇子叫做万乡，你以前可否去过？"

"曾经中途路过一次。"

"如此甚好。就在关帝庙后面，住着一位郭公，曾任京师档房主簿，后来致仕还乡，与你在京师中便是旧相识。适逢他哮喘发作，听说你从京师过来，便于六七日前召你前去，如今你正在回京的路上。我说的这些，你可能一一记下？"

"我自会试着记住。"

"郭公写信给家母，道是你将途经此地。家母亦患有哮喘，昨日再度发作，十分难挨，因此叫你来看诊。"女子说罢，迅速瞥了狄公一眼，恼怒地问道，"你为何携着一把宝剑？叫人看见可是大为不妙，放在这凳子底下！"

狄公缓缓解下宝剑，心知外人进入皇宫时，一律不许携带兵器。

轿子在寂静的林中行走半日，道路渐渐变宽，穿过一扇巨大的双拱石门，又经过一座宽阔的汉白玉石桥，两旁的栏杆雕花精美。在护城河对面，隐隐可见碧水宫高大的双扇门。女子掩起窗帘，狄公听见有人喝令，轿子骤然停下，领头之人与守卫低语几句，然后轿子又被抬起，走上一道台阶。只听门闩放下、铁链松开，随后大门开启，又听得几声号令，轿子朝前走了一段，终于停在平地上。四面的门帘窗帘被一齐拉开，耀眼的光亮从外射入，晃得狄公只得暂且闭目，再度睁开眼时，却见一名队正凑到窗前，身后立着六名守卫，个个身披金甲，手持长剑。

队正对女子说道："姑娘自是不必多说了。"转头冲狄公又道："报上姓名生业，再说为何前来！"

"敝人姓梁名牟，是个大夫，被公主殿下的宫女主管八仙夫人召来。"

"请下轿！"

两名守卫上前，利落地搜过狄公浑身上下，甚至摸摸靴筒，抽出里面的身份官文。队正仔细看过，说道："好，大夫离开此处时，再将这文书交还与你。请姑娘把大夫的匣子递过来！"说罢打开盒盖，一一翻看过里面的东西，原样还给狄公，又拿起那只葫芦，拔去塞子摇晃一下，为了证实里面并未藏有小刀之类，看罢后也再度还回："二位可以换坐宫内的轿子。"

队正喝令一声，只见四名身着华丽绸服的轿夫过来，抬着一顶华美的小轿，上有镀金轿杠，帘幕全用锦缎制成。狄公与女子坐入后，轿子被抬过汉白玉铺地的庭院，一路悄无声息，队正走在前面。这里点着无数纱灯照亮，每一盏都立在高高的朱漆灯台上，阔大的庭院内一片通明。二三十名守卫正在四下逡巡，人人全身披挂，背负弓弩，箭袋内满满装着长杆羽箭。下一座庭院十分清静，宫中侍从身着蓝袍，在敞廊两旁的大柱间穿梭来去。

狄公指着莲池与发出汩汩声的水槽，说道："想来那些水都是从河里引来的？"

"不然怎会叫碧水宫呢。"女子抢白一句。

在一扇镀金格栅双扇门前，两名手持长戟的卫兵拦住去路。队正说明了其中缘故，随即离去。卫兵将轿帘合起，并从外面系紧，轿中二人重又陷入黑暗之中。

"外人不许看到宫内是何模样。"女子难得主动说道。

狄公想起在修百长官署内的地图上，碧水宫被标为一片空白的四方形。若是没有这些宫禁森严，朝廷就无权威可言。狄公想猜度一路如何走法，但是很快便数不清拐了几拐，又上下过几道台阶。轿子终于停在地上，一名大汉身披重甲，头戴镶有七彩长羽的尖盔，命二人从轿内出来，旁边另有一名兵士，也是身形壮硕，手提一把阔刀，用刀柄敲打一面双扇铁门。狄公朝庭院内迅速一瞥，只见四面高墙，全都漆成鲜亮的紫色。一时铁门开启，一个肥胖男子示意他们进去，此人身着绣金长袍，头戴黑漆尖顶圆帽，面如满月，仪态温文，鼻梁宽阔多肉，全无一点髭须，正是宫内太监。他先冲那女子点一点头，显然彼此熟识，又对狄公尖声说道："这位大夫，在穿过金玉桥之前，主事的公公想要先见你一面。"

女子迅速插言道："家母病得不轻，大夫必须立即前去诊治，不然……"

"公公吩咐得一清二楚，还请姑娘在此等候。大夫这边走。"太监和缓说罢，抬手指向一道静悄悄的长廊。

五

狄公看见长廊尽头有一扇金漆大门，不觉心中一警，知道必须在进门前做出决断，眼下只有短短一刻工夫。

在此之前，狄公还从未仔细思量过这情形的逾矩不当之处。以如此非同寻常的方式召自己前来者，定是一个重要人物，并且十分清楚自己的真实身份，不消说必是那滑头的修百长报上的。那人不但想要隐瞒此行的真正目的，还得承担自己假充他人入宫的全部责任，但是显然不曾预料到主事太监会插手进来。及到会面时，自己或是不得不对宫廷高官说谎，如此行事，未免有悖于为国尽忠的信念；或是道出实情，其后果便不堪设想，可能会损害善举，但也可能阻止恶行。狄公努力自持一下。若是一个佞臣或贪官想要利用自己来达到邪恶的目的，便意味着自己在一向力求的为官清正上多少有所欠缺，因此一旦被揭穿的话，身败名裂、丢掉性命也是应得之分。想到此处，狄公心中稍定，趁那胖太监叩门时，探手入袖，摸到一张在客栈中亲手写下的名帖。

狄公走进门内，立即跪倒在地，低头垂目，两手捧着名帖恭敬呈上。有人接过名帖，又低语几句，只听一个细弱的声音含怒说道："是了，是了，老夫全都知道！梁大夫，抬起头来！"

狄公依命而行，不觉吃了一惊。本以为会身在陈设豪华的官署内，不料却是一间清雅至极的书斋。左右两旁皆是高大的书架，摆满了书籍卷册，后墙上开有一扇阔窗，正对着一个景致宜人的花园，园内山石玲珑，繁花似锦。窗台上摆着一排兰花，植在细瓷彩碗内，幽香盈室，倍添静谧。紫檀书案旁有一张硕大的乌木雕花圈椅，一位老者蜷坐于其中，身着宽大硬挺的耀眼锦袍，套在狭窄的双肩上，看去犹如架起了一顶帐篷，面色灰黄，留着细细的花白髭须，颏下一绺山羊胡，头戴一顶镶有金银丝和珠宝的高冠，看去富丽堂皇，却更显得脸颊瘦削。座椅后方立着一名高大男子，肩宽背阔，一身黑衣，面色冷漠，正用汗毛浓密的大手不停抚弄一根红绳。

老者直盯着狄公，眼睑厚重，双目空洞，半晌后开口说道："站起来，走近些！"

狄公急忙立起，朝前挪了三步，深深一揖，手笼袖中高高抬起，静候主事太监首先发话，耳边传来沉重的呼吸声，可知那胖太监就站在自己身后。

“为何八仙夫人非要召你前来?”老者听去颇有怨声，“我们这里明明有四个极好的大夫。”

狄公恭敬答道:“小民岂敢与宫廷御医一争高下，想来只是运气使然。郭公也患有此疾，小民曾替他诊治过，颇为见效，想是他一片好意，对八仙夫人美言了几句。小民医术粗浅，如此谬奖，愧不敢当。”

“明白了。”老者缓缓摩挲着瘦脸，目光阴郁地打量狄公几眼，忽然抬头命道，“让我与大夫待在这里!”黑衣人依命退下，胖太监跟在后面。

二人掩门而去后，老者从座中缓缓立起，若不是肩背佝偻，身量与狄公几乎一般高大。只听他疲惫说道:“老夫想给你看看这些花儿，到这边来!”说罢蹒跚踱至窗前，“这种白兰花十分罕见，且又甚难伺候。逢到开花时节，会有一股极微极淡的清香。”待狄公俯身细看时，接着又道:“老夫每天亲自照料此花。虽然身居此位，但也并非完全不能照料活物。”

狄公站直说道:“公公明鉴，造化之功无处不在，有人却以为那只为世人所独有，实在愚不可及。”

“能与一个有识之士私下里倾谈，令人好生快慰。大夫想也知道，在宫中四处皆是耳目，着实过多了些。”老者说话时略带一丝惆怅，眼睑低垂，目光几近胆怯，又开口问道，“你且说说，为何要挑选行医这一行当?”

狄公思忖片刻，心想此问可以做两种解释，便决意稳妥应对：“回公公，古圣先贤曾说过，疾病苦痛只因偏离了天地之大道。小民心想若能助人复归正途，使之合于自然之道，总是有些益处。”

“你自会发现，败绩与胜绩将同样之多。”

“小民已然顺天应命，只尽人力即可。”

“大夫高见，确实如此。”老者说罢一拍两手，等那胖太监再度进来时，转头命道，“梁大夫可以通过金玉桥。”又对狄公闷声说道：“老夫相信看上一次便足矣。我等虽对八仙夫人的康健颇为关切，但也不能总让外人在此间进进出出。再会了!”

狄公躬身一揖，老者坐回椅中，伏案看起公文来。

胖太监引着狄公顺原路折回，对那女子油腔滑调地说道：“姑娘，上头许你领这大夫进去。”女子听罢掉头便走，不答一语。

长廊尽头有一扇月洞门，两名兵士立守左右。胖太监示意一下，二人打开门扇，里面是一个景致幽美的花园，被一条窄窄的人工河道分作两半，一架汉白玉石拱桥横贯河上，只有三尺来宽，雕花精美的栏杆上镀有纯金。桥对面立着一堵紫色高墙，只开有一扇小门，上方可见铺有黄瓦的飞檐。

胖太监在桥边止步:“大夫，我就在此处等你!”

“只管等到地老天荒吧，蠢货!”女子厉声说道,“只是别拿你的脚踩上桥来!”

狄公跟随女子过桥时，心知自己如今真是走入了禁苑，即三公主的居处。

两名宫女迎接二人进去，走入一座阔大的庭院。一群少女正在摇曳的柳树下徘徊逡巡，看见二人过来，便开始叽叽喳喳地低声议论，头上的钗环珠翠在月光下闪闪发亮。女子引着狄公穿过一扇侧门，走入一个种满翠竹的园中，又行至园后的敞廊上。一名侍女正在条几旁静静沏茶，躬身一拜，对女子低声说道:“夫人她刚才又大咳了一阵。”

女子点点头，示意狄公走入一间华丽的卧房，随即拴上房门。狄公好奇地朝四下打量，只见一副硕大的床架占去了大半个后墙，床前靠近锦帐处已摆好一只鼓凳，凳面上放着一小块软垫。

“母亲，梁大夫来了。”女子说道。

床帷稍稍开了一道缝，伸出一只枯皱的手来，细瘦的腕上套着一只白玉镯，雕成盘龙纹样。女子将软垫衬在手下，转身朝门口走去。

狄公将漆匣放在鼓凳上，伸出食指轻轻切脉。（对于尊贵的女病人，大夫只能看到其手，必须通过切脉来诊断病情。）锦帐后的女人忽然低声说道："从床架左边的镶板进去，快快!"

狄公吃了一惊，放开病人的手腕，绕过床前。深色护墙板上有三大块镶板，狄公伸手一推离床最近的一片，镶板立时朝内悄然开启，走入一看，却是一间前厅，点着一盏白纱灯照亮，灯下有个女子，正坐在乌木长榻的角落处看书。狄公见她身着皇家才用的赭黄色长袖锦衣，立时跪倒在地。室内再无旁人，十分寂静，唯有榻前的古董铜炉中隐约传来劈剥之声，里面正燃着檀香木，蓝色的烟雾弥漫在室内，散出一股清香。

三公主抬起头来，说话时语声清晰悦耳："狄仁杰，你且起来。只因时间仓促，许你免去一切虚礼。"说罢将手中的书卷放在榻上，一双大眼打量着狄公，露出忧烦之色。

狄公不禁深吸一口气，只觉平生从未见过如此美貌的女子，一张白皙的鹅蛋脸，乌亮的秀发精心盘成高髻，别着两支镶有翡翠的长簪，额头光洁高耸，弯弯两道蛾眉又细又长，鼻梁纤巧挺直，一张樱桃小口，气度端庄高贵，且又毫无矫揉造作之态。

入密室拜见三公主

三公主接着缓缓叙道："狄仁杰，今日召你前来，皆因听说你长于断案，且对朝廷忠心耿耿。之所以用此不同寻常之法，则是由于对此事必须严守秘密。就在两天前，将近午夜时，我独自一人在外墙上的亭阁中，眺望河上风景。"说话间望了一眼糊有银纸的槅窗，看去神情惨伤，"彼时明月当空，正如今夜一般，我立在窗边，只顾欣赏眼前景致。不过在此之前，我将项链摘下，放在门口左边的茶几上。那条项链是皇家的宝物，共有八十四颗珍珠，颗颗大得出奇，且又十分匀称。父皇将它赐给母亲，母亲过世后，便又赐给了我。"

说到此处，三公主略停片刻，双目低垂，紧盯着放在膝头彼此交握的两只纤纤玉手，接着又道："我摘下项链，是因为以前探头到窗外时，曾遗失过一只耳环。我站在原地，一心赏看美景，竟不知过了多久，终于转回阁内时，却发现项链不见了踪影。"

三公主抬起眼睫，直直盯着狄公，"我当即命令几名管事下去详查，宫内宫外都搜遍了，却没能找到一丝踪迹。到了后天，我必须启程返回京师，那时非得将项链寻回不可，因为父皇总是想要我戴着它。据我想来……不不，我确信此事由外贼所为，定是乘船过来，又爬上高墙，趁我背对门口时悄悄窃去。既然宫内所有人的行踪都已仔细查过，因此那贼人必是从外面潜入。狄仁杰，我命你去办理此案。

“你寻找此物时，必须绝对保守秘密，无论宫内宫外，不可令一人知道我将此事托付与你。不过，你一旦大功告成，就不必再隐姓埋名，只管亮出身份径来宫中，当着众人的面将项链交还与我。且将你的衣领撕开一个小口。”

狄公扯开右边翻领上的一段缝线，三公主从袖中取出一张折紧的黄纸，站起身来，将其塞入狄公衣袍的衬里内。只见她身材颀长，发髻拂在狄公面上，散出一股淡淡的香气。

三公主坐回榻上，接着说道：“你可凭此物公然进来，任何人都不敢拦阻，再与那项链一道还我。”两瓣樱唇一勾，渐渐绽出笑容，“狄仁杰，我的终身幸福，如今已悉数托付于你的手中。”说罢点头示意狄公退下，重又拣起书册。

六

狄公深深一揖，退回到卧房中，镶板重又悄然关合。八仙夫人的手仍旧放在原处，狄公再度上前切脉时，忽听有人叩门。门旁的女子轻轻拔开插销，没有弄出一点声响。两名宫女进来，前者手举一只托盘，盘中皆是笔墨等物，后者提一只竹篮，内有一件干净的睡袍。

狄公松开那纤细的手腕，打开自带的扁平漆匣，取出一张空白药方，示意头一名宫女走到近前，从盘中拣出一支毛笔，迅速写下“麻黄少量，安神药少许”，又对八仙夫人的女儿说道：“立即将此药备好。夫人服过后，想必会舒服不少。”说罢合起匣子，出门而去。女子引着狄公默默穿过庭院，返回桥边，旋即转头离去，连一声道别也无。

胖太监仍在桥对面等候，满意地说道：“大夫这么快就出来了。”随后引路穿过主事太监住处的几道长廊，直至正门，已有一乘小轿停在那里。

狄公背靠软垫，回想着方才离奇的会面。三公主只道出了仅有的几桩事实，再无其他。这桩离奇窃案的背后，显然有些微妙之事，她或是不能细说，或是不愿细说。然而狄公莫名感到三公主不曾说出的事由，要比那些说出的更为重要。虽然她断言窃贼是个外来之人，但是在宫里必有内应，因为贼人必得事先知道三公主会在何时前去亭阁，又会如何摘下项链放在几案上。想是有人从宫内一个隐秘之处监视着三公主，等到时机恰当时，再朝等在亭阁下小船里的贼人发出暗号，示意他动手行窃。

狄公不觉皱起眉头。乍一看去，策划此案似是极其危险复杂。即使三公主真有夜间去阁中赏月的习惯，身边也必是常常有宫女跟随，策划者断不可能命人每逢月明之夜便驾船泊在亭阁下！碧水宫的外墙上有兵士日夜把守，若是有船只泊在附近，很快便会被人看见。狄公越往下想，越是心忧难平。所有这些情形似乎十分牵强，唯有一点确凿无疑，便是三公主为何要挑选自己来办案：只因她怀疑身边某个特殊人物与此事有涉，所以需要一个不但与碧水宫全无关联，而且宫中主持查案者皆不知晓的人物来勘查，也正是因此，才会要求自己严守秘密。三公主并未讲述其居处的格局如何，实为憾事一桩。眼下的首要之务，显然是渡河过去看一看北墙，并研究一番亭阁的位置与周围情形。

如今不必再担心自己假充他人入宫，或是对主事太监说过谎话了。狄公想到此处，不禁长吁一口气。藏在衣领中的文书，无疑会言明自己是受三公主直接委派而行事。至于修百长的企图，也不必再为之忧心忡忡。那圆滑的家伙定是知晓这一窃案，可能通过其上司御林军统领康把总之口。康把总必会参与勘案，修百长将自己举荐上去，作为秘密查访的适宜人选。狄公不禁苦笑一下，居然被这厮堂而皇之地摆了一道！

这时小轿落地，门帘被人掀起，已来到曾与八仙夫人的女儿一同换乘轿子的庭院中。一名副官粗声粗气地说道："上头有令，命你去见宫内总管。且随我来。"

狄公咬住口唇。若是此时身份败露，未免辜负了三公主的信任，她交托给自己的重任，甚至还没来得及着手。狄公被引入一间阔大的厅堂中，正中央摆着一张华美的桌案，案上堆满文书，后方坐着一名瘦削男子，面容峻厉，留着灰白的髭须和一绺山羊胡，越发显得冰冷可畏，头戴一顶镶有金边的乌纱帽，双肩平直，套着一袭硬挺的褐色锦袍，正埋头细看一份公文。一个身着蓝袍、头戴师爷帽的矮胖男子立在座椅背后，也正伸头同看。桌案前还有十来个侍从，有人捧着卷箱，有人抱着大叠文书。狄公低头恭敬行礼时，只觉众人全都在身后紧盯着自己。

副官开口说道:“启禀总管，梁大夫来了。”

总管抬眼一瞧，朝后靠坐在椅背上。狄公迅速一瞥案上的公文，不禁心中一沉。总管与师爷一同细看的，正是自己的身份官文。总管用一双锐利的小眼直直盯着狄公，说话时语声清晰，带有金石之音:“八仙夫人的情形如何?”

“回总管，小民开了药方，相信夫人很快便会康复。”

“在何处看的病?”

“据小民想来，应是在夫人的卧房中。夫人的女儿一直在旁，还有两名宫女。”

“明白了。梁大夫，但愿你药到病除，首先是为了夫人，其次也为了你自己。既然你前来诊治，从此刻起，就得对她负有责任。”总管说罢，将文书推给狄公,“未经我的许可，你不得离开河川镇，如今可以走了。”

副官领着狄公出去。二人途经庭院时，副官忽然止步，又立正敬礼。只见一名军官大步走过，身量极高，披有金甲，戴一顶把总的镶羽头盔，铁靴踩在汉白玉石板地上锵锵作响。狄公只在一瞥之间，瞧见一张白皙英俊的面容，留着漆黑的短须。

“那位莫非是康把总?”狄公对副官问道。

“正是。”副官说罢，引路走到前庭。狄公看见从渔王客栈接自己前来的轿子仍停在原处，于是坐入轿中，穿过重门，一路出宫而去。

经过护城河上的汉白玉石桥后，狄公拉开窗帘，让清凉的夜风吹到热辣辣的面上。此时总算放下心来，自己所持的假公文终于不曾露馅。不过这些人的态度颇为古怪，先是主事太监，后是宫中总管，又该如何解释？莫非这些高官一向对入宫的外人深怀敌意？抑或他们与失窃案不无干系？不不，自己未免想得太不着边际了！要说朝廷命官包庇纵容一个窃贼，自是绝无可能！他们从不缺少银钱，为何非要冒险……狄公忽然坐直起来，莫非那项链是什么宫廷阴谋的重要之物，互相敌对的势力会借此而明争暗斗？正是因此，三公主才会掩人耳目将自己召来，甚至连身边的亲近侍从，即主事太监和总管也要瞒过。不过，若是这二人或其中某一个对项链有着特殊兴趣，怀疑自己见过了三公主并知晓窃案的话，为何又没有仔细盘问便放人出宫？对于此问，倒是有个显而易见的答案，之所以将自己放走，只是因为不敢与三公主公然作对。他们打算出宫后再除掉自己，便可以顺理成章地说成是意外事故。狄公伸手一摸凳下，发现宝剑已没了踪影，心中陡然一紧。

就在此时，轿子停在地上。一个身穿黑衣的高大男子拉开门帘："大夫请出来。只要顺着这条路下去，不消片刻便可进城。”

狄公一看，说话者并不是接自己入宫的那人，于是出了轿门，迅速朝四下打量。此处似是在松林之中，众轿夫皆是一副冷脸相对。

“既然离镇子不远，你们不妨送我到客栈去，如今已颇觉疲累。”狄公断然说罢，意欲再度入轿，却被那头领挡住了去路。

“实在对不住大夫，不过我等只能听命行事。”

众人抬起轿子，转身沿原路匆匆折回，头领走在最后。寂静的松林中，只剩下狄公独自一人。

七

狄公手捋长髯，在原地静立半晌。前方必会有大凶险，自己却是无可措手——除非离开此路钻入林中，不过想也不会有多少用处。若是有人当真想要除掉自己，定会挑选几个熟悉本地的刺客，如今他们定已埋伏在林间各处。首先应该弄清楚自己的担心究竟是不是空穴来风。莫非八仙夫人有所顾虑，不想用碧水宫的轿子将自己公然送回镇里去，故而命人如此行事？怕是不大可能。把守宫门的队正或许搜查过轿子，发觉凳下有一把宝剑，便将其收走，过后必得设法讨回不可。此剑出自古时一位著名的铸剑师之手，既是一件珍贵的古董，又是狄家世代相传的宝物。狄公将扁平漆匣塞入衣袍的前襟内，缓缓走向幽暗的松林，紧靠在道路一侧，免得成为弓箭手的活靶子。

每走一段，狄公便略停片刻，倾听周围的动静，似乎没人跟在后面，不过也听不出已接近河川镇，正要转弯时，前方忽然传来古怪的鼻息声。

狄公迅速俯身钻入灌木丛中，再次侧耳细听，前头不远处有树枝的轻响。狄公小心地拨开枝叶，移步向前，只见松树间有一个徘徊不定的硕大黑影，凑近一看，原来是一头老驴正在埋头吃草。

狄公走到近前，又见一对拐杖靠在路边一棵古松旁，树下有一块青苔密布的大石，葫芦先生正蜷坐在石上，仍穿着那件打有补丁的褐袍，头上未戴帽子，露出花白的长发，用一片黑布裹住顶髻，正是道家隐士的打扮，脚旁立着大葫芦。

葫芦先生抬头说道："如此夜深时候，大夫居然还在四处走动。"

"晚生出门散步纳凉，不想却走迷了路。"

"你的宝剑何在?"

"我听说这里一向平安无事，不必带着刀剑出行。"

葫芦先生嗤笑一声，抬手摸索背后的拐杖："你既是大夫，理应知道人言未可尽信。且罢，老夫就再为你引一次路。来来，跟上这头老驴的步子，对你来说想必不在话下。"说罢将葫芦系在腰间，骑上驴背。

狄公只觉松了一口气。有葫芦先生这么一位远近闻名的人物在旁，刺客应是不敢贸然动手。

二人走出一程，狄公微微笑道："就在今日午后，晚生在镇子那边的树林里遇见先生时，着实吃了一惊！当时

狄公再遇葫芦先生

我两眼发酸，林中又十分幽暗，匆匆一瞥之下，还以为看见了自己的分身哩。”

葫芦先生勒住坐骑，责怪地说道：“兹事体大，怎可轻口薄舌、妄加议论。世人皆非纯然一体，实为多方杂糅而成，不过总会轻易忘却其中不尽人意之处。若是某一处设法离本体而逸去，你迟早会与它不期而遇，并将其认作是鬼魅之物，难免竦然心惊！”说到此处，忽然住口不语，听听周围的动静，“说鬼便见鬼，莫不是真有什么东西跟在后头？”

这时狄公也听出灌木丛中确有响动，迅速抓过一根拐杖，低声说道：“一旦我们遇劫，先生只管走开。晚生学过几手棍棒功夫，大可保全自己，先生不必担心！”

“老夫倒不担心，因为没人能伤到我。大夫有所不知，我只是一具空壳而已，很多年都是如此。”

只见三名男子跳到路中间，身着粗布衣裤，头上裹一块红巾。人人佩有长剑，其中两人手挥短矛，一个抓住毛驴的缰绳，另一个举起兵刃，冲狄公叫道：“你这鸟人老实听话！”

狄公正欲拿拐杖戳去，忽觉背上刺痛一下。

“狗娘养的，把家伙放下！”身后有人吼道。

葫芦先生说道：“大夫把那拐棍还给我吧，老夫非得用一对不可。”

持矛者发问道：“大哥，我们拿这怪老头子怎么办？”

身后那人骂了一声娘：“一起带上，只能怪他自己走背字。”说罢又将刀尖抵在狄公身后：“朝前走！”

狄公心想此时不可轻举妄动，这伙歹人全是收钱夺命的刺客，绝非平常拦路打劫，自己想必能对付得了，于是开口说道：“但愿我们不要遇到巡兵，只是为了你等着想。”

身后那人哈哈大笑：“你这傻瓜想得倒美，官兵们此时另有事情要忙活哩！”

众匪押着狄公与葫芦先生走上一条狭窄的小径。一人牵驴在前，一人持矛跟随，另有二人跟在狄公身后。

小径通向一片开阔地，林间有一座低矮的砖房。众人直朝第二座走去，似是废弃不用的货仓。前头那人放开毛驴的缰绳，一脚踹开大门，房内现出一星亮光。

“进去！”身后之人喝道，并用剑尖轻推狄公。

货仓内空空荡荡，唯见墙角处堆有几只包裹，右边的几根大柱前摆着一张木头条凳，亮光来自壁龛中一支点燃的蜡烛。狄公转身回望，这才看清那匪首是何模样，身量与自己不相上下，膀大腰圆，面相粗鄙，留着一圈硬硬的短须，手持一柄长剑，另外二人各握长剑与短矛，看去亦是凶神恶煞一般。狄公缓缓走到屋子正中，想伺机从对方手中抢过一件兵器来，但是这伙人显然十分老到，小心地站在几步之外，拉开架势预备随时动手，并无一丝懈怠。

葫芦先生蹒跚踱入房内，后面跟着另一个持矛的歹人。只见他直朝条凳走去，自顾坐下，将一副拐杖搁在两膝之间，对狄公说道："大夫，你也过来坐下！好歹舒服一些。"

狄公依言落座，心想若是做出听天由命之态，更有利于打对方一个措手不及。匪首站在狄公与葫芦先生面前，两名手下分立于条凳左右，剩下一个持剑站在狄公身后。匪首伸出拇指，擦拭一下利刃，正色说道："俺们兄弟几个与你二人无冤无仇，只是有人出钱要俺们下手，全为混口饭吃罢了。"

狄公心知已到了生死关头。下层无赖们十分迷信，在行凶杀人之前总要说这番话，免得将来被死者的冤魂缠住而霉运当头。

"这个我们自然懂得，"葫芦先生和缓说道，举起一根拐杖，颤颤巍巍正对着匪首，"不过老夫有一事不明，那主家为何要找个像你这般丑陋的畜牲！"

"老混账，这就叫你闭嘴！"匪首怒喝一声，直朝葫芦先生走去，“老子先来……”

就在此时，杖头忽然不再颤抖，猛地朝前刺去，深深扎入匪首的左眼窝中，只听他痛得一声怪叫，手中的兵器掉到地上。狄公立时跳下地来，抓剑在手，肩头却被身后的歹人扫了一下。狄公站稳后迅疾转身，见他正要从背后攻向葫芦先生，于是抢先一步刺中对方胸口，那人立时瘫软下去。狄公拔出长剑，只见匪首朝葫芦先生扑去，口中咒骂连连，葫芦先生的拐杖再度刺出，疾如闪电，正中匪首的小腹。这时另一人持剑兜头劈来，狄公无暇再看，朝后跳开，挡住了这一击。还有一人举起短矛，欲朝狄公掷去，却被葫芦先生用拐杖的曲柄勾住了脚踝，旋即跌倒在地，短矛也掉在地上，葫芦先生一挥拐杖，将短矛拨到自己身边，动作十分轻巧。匪首抱着肚子满地打滚，口中发出喑哑的嘶叫。

狄公发觉自己的对手武艺高强，非得拼尽全力才能抵挡，这把夺来的长剑，毕竟不如自己的雨龙剑使起来称手，不过一旦惯熟，很快便将对方逼到一处地方，使得自己能同时看到另外二匪的举动。不料对手左砍右杀，使出一连串凌厉的招式，狄公不得不全力应对。

狄公重又占据上风时，迅速瞥了一眼葫芦先生那边。只见他仍坐在条凳上，不过手中握着一把长剑，不停推挡对方的进招，身手敏捷令人惊叹。这时匪首踉跄爬起，想要靠墙站住，对手见狄公略一分神，立时转守为攻，直朝胸口刺来。狄公躲闪不及，被剑尖刺中了前臂，幸亏有塞在衣襟内的漆匣挡在胸前，这才逃过一劫。

狄公退后几步，挺剑虚晃几招，再度攻上前去，奈何手臂受伤后鲜血直流，平日里又少有时间习武，未免有些心跳气喘，心想非得速战速决不可。

正如许多武艺高超的剑客一样，狄公也会左右开弓。转瞬之间，他将长剑换到左手，对方忽逢此变，一时乱了阵脚，不免露出破绽来。狄公挺剑直刺入对方喉头，见那人仰面倒地后，急忙奔去为葫芦先生助阵，冲歹人大喝一声，命其回头应战，不料竟目睹到一桩奇事，一时惊得呆立在地。

那歹人手持长剑，在葫芦先生面前狂怒地跳来跳去，左劈右砍，动作极快。葫芦先生坐在原处，背靠柱子，不慌不乱地从容挡开招招击刺，无论对方冲头还是冲脚，总能及时接住、不差分毫。忽见他放低兵刃，两手握住剑柄，对方猛冲上来时，再度扬起剑尖，将剑柄抵在两腿之间的凳面上。那人来不及收脚，身子倒向前方，小腹被利剑深深刺中。

狄公转身回顾，匪首正扑将上来，只剩下一只右眼，看去几近疯癫，方才已拣起一支短矛，此时直冲狄公头上横扫过来。狄公矮身躲过，回剑刺入对方的胸口。匪首栽倒在地，狄公俯身喝问道：“何人派你前来？”

匪首用一只右眼盯着狄公，骨碌碌转了几下，口唇歪斜：“好……”刚说出一个字，嘴里涌出一股鲜血，全身抽搐几下，随即一动不动。

狄公站起身来，揩揩汗湿的面颊，转头喘息说道：“实在感激不尽！多亏先生机智出手，一举重创了匪首，今日方能死里逃生！”

葫芦先生将长剑抛到墙角处：“老夫讨厌这些兵器。”

“不过先生使得真是出神入化！每次接招都极其精准，两把剑看去好似被一条无形的链子拴在一起！”

“老夫明明对你说过，我只是个空壳而已。”葫芦先生恼怒说道，“自身为空，对手的实便会自然流到我这边来，我就变成了对手，于是他怎么做，我就怎么做。与我相斗，就如同和镜中的自己对打一般，根本全无意义。过来，你的手臂挂了彩，看见大夫受伤，令人好不难过。”

葫芦先生从匪首的外袍上撕下一片布来，替狄公裹住前臂的伤口，手法十分熟练，又说道：“大夫最好出去瞧瞧，看我们身在何处，那几个刚刚断气的家伙是不是还在等什么人来！”

狄公手持长剑，出门而去。

清冷的月光下，毛驴正在开阔地中悠闲地吃草，四周不见一人。狄公查看过对面的房舍，发觉后面还有几座货仓，转过最后一处屋角时，河流出现在眼前，可知此处定是在码头的最东端，于是提剑一路转回。

狄公正要走进货仓时，却见门上有一块铭牌，书有“郎记绸庄私仓”几个大字，不禁手捋长髯，沉思片刻。在客栈浴房中遇见的那人，在镇上开着一家绸庄，既然郎姓颇为少见，这货仓必是归他所有。这时葫芦先生拄着拐杖蹒跚走出。

“此处正在码头的尽头，如今并无一人。”狄公说道。

“老夫好生疲乏，这便回家去了。”

“先生路过鱼市一角的铁匠铺时，烦劳让他派个人将我的坐骑送来。我得再查看一番那几具尸体，然后去兵营里报知此事。”

“好好。若是有人需要老夫作证，想应知道我的住处。”葫芦先生说罢，骑上毛驴悠悠离去。

狄公走入屋内，地上横陈着四具尸首，一股血腥之气扑面而来，不免令人心中作恶。狄公先细看屋角处的包裹，用剑尖划开一个小口，发觉里面确实装有生丝，又见方才与葫芦先生坐过的条凳上有些深色污斑，颇似溅落的血迹，看去为时不久。凳下有几根细绳，同样沾有凝血。狄公再去查看死尸，发觉众人身上只装有几枚铜板，别无他物，又从壁龛中取下蜡烛，细看各人脸面，似是城里来的恶棍，并非拦路劫匪。这一群身手上佳的刺客，究竟是由谁出重金请来？狄公将蜡烛放回原处，想起三公主赐予的纸卷，便从衣领中缓缓拈出，在烛光下展开一看，不禁倒吸一口凉气。只见上方有当今圣上用玉玺盖的朱印，大约三寸见方，下面是一笔台阁体的工楷，写着此人受命临时担任钦差之职，被授予全权理事，日期与自己的姓名则是后来添加上去，那娟秀的小楷正是女子笔迹。下方盖有当朝宰相的大印，三公主的私印亦盖在一角。

狄公将文书小心折起，收回原处。圣上将如此要紧的空白委任书交给三公主，正是无限信任与宠爱的明证，由此可知，果然发生了比皇家珠宝被窃更加危急之事。狄公走出门去，坐在一根树干上，不停思前想后。

八

一声马嘶将狄公从沉思中唤醒。来人甩镫下马，狄公给了他几个赏钱，然后自己登鞍上去，一路疾驰回镇。

狄公行至鱼市，见许多百姓正聚在街中的货摊旁，似是议论某处失火之事。

兵营大门外，十来名官兵骑马列队，人人手提风灯，灯外被煤烟熏得乌黑。狄公将马匹交给一名守卫，道是想见刘副官。一名兵士引着狄公上楼，走入修百长的官署。只见修百长坐在书案后方，正与刘副官交谈，一见狄公，立时从座中跃起，欣然叫道："老爷再度光临，小校不胜欢喜！今晚我等十分忙碌，官府粮仓的房顶失火，没人知道是何原因，好在我的手下很快便控制住了火势。老爷请坐！刘副官，你可以走了！"

狄公重重坐下，直截说道："本县想要知道渔王客栈里一位客人的来历，此人名叫郎六。"

"老爷果然立时就着手勘查了！小校感激不尽！不错，这郎掌柜正是我说过的那一类大魔头，难保不会惹是生非。他手中掌握着本州南边所有的妓院赌馆，还将这些地方弄成了一个秘密行会，叫做蓝帮，在南方还开了一家很大的丝绸作坊，只为在人前有个体面的身份而已。一般说来，郎六不会做违法逾矩之事，也从不拖欠税款，不过最近与另一帮会斗得很凶，对方叫做红帮，掌握有邻州的赌馆妓院。”修百长挠挠鼻头，又道，“小校还听说了一事。大约十天前，就在此地，郎六与红帮派来的人见面商谈，双方同意握手言和。他必是打算多住几日，只为小心观望一下讲和能否兑现！老爷这么快就识破他了，真是厉害！”

“倒不如说是他识破了我。”狄公说罢，讲述一番在浴房中偶遇郎六、又在松林中遭劫的情形，只说是出门散步时遇到了葫芦先生，最后又道，“此事绝非偶然，乃是精心策划而成。粮仓起火无疑是为了声东击西，将官兵引到镇子的另一头去。”

“老天爷！这些为非作歹之徒，居然做出这等事来！小校实在抱歉！且又出在我主管的地界内，令我好生不快！”

“也令我好生不快。”狄公淡淡说道，“起初我二人似乎只能听天由命，多亏葫芦先生身手不凡，这才逃过一劫。此老真是异人，你可知道他的来历？”

“回老爷，知之不多。说来这葫芦先生长住在河川镇，当地百姓都认得他，却没人知道他的底细。众口皆传他当年曾是绿林好汉，专门劫富济贫，后来在山中偶遇一个道家隐士，想要拜师学艺，却被那人一口回绝，葫芦先生就盘腿坐在道士门前的一棵树下，一连坐了许多日子，坐得两腿都不管用了，于是那老道才收下他，并传授了所有与生死相关的秘诀。”说到此处，修百长略停片刻，若有所思地搔搔面颊，“不错，那四个偷袭老爷的歹徒，定是郎六带来的打手。本地人绝不会加害葫芦先生，一来敬重他很有学问，二来也相信他会法术，能吸出人的魂魄来，再装进那只葫芦里去。不过老爷出去走动，那些歹人又是如何事先知道的?”

“在回答此问之前，本县想先请教修百长一事。恕我直言，今天午后，就在这官署内，我分明觉察出你在担心郎六等可疑来客之余，另有更为要紧的棘手事务。正是拜你所赐，本县不明就里便被卷入危境之中，因此想要知道来龙去脉，还请立时相告。”

修百长从座中跃起，在地上来回踱步，语无伦次地说道：“实在对不住老爷！老爷说得一点不错，本该当时就统统道出，隐瞒内情真是犯了大错，小校……”

“有话快说！如今时辰已晚，我也颇觉疲累!”

“是是，老爷。康把总与小校颇有些私交，可说是我最好的朋友。我二人本是同乡，一向来往密切，我从京师调任此地，全是他一手促成，只为在身边能有个可靠之人。康把总品格出众，出身于武将世家，虽然能征善战，却没有多少银钱进项，也不曾结交什么朝廷大员。况且他生性略显清高，一向我行我素，当日被任命为碧水宫御林军统领时，宫内诸人并不十分乐意。老爷可以想见，他们宁可来个善于奉迎且又好说话的人物。他上任之后，遇到过各种麻烦，不过总能妥善应对，但是最近看去十分沮丧。我追问他到底有何烦心事，他却硬是不肯道出，只说与宫内的某些事情有关。这还不算，昨天他还不得不出去四处搜查——对我说是一桩再棘手不过的差使，完全不知该如何经办，此事不能对我透露，不过实在万分凶险！老爷想想……”

“听去倒十分有趣，不过快说正题！”

“这个自然，老爷。小校认出老爷时，心想这真是天赐福星，只因对老爷一向佩服得五体投地……转念又一想，在请老爷助我对付那些魔头之外，若是能安排康把总前来会上一面，不定他愿意对老爷道出此事。老爷一向断案如神，或许……”

狄公抬手说道：“你是几时告诉康把总本县在此地的？”

“老爷问几时？小校明明今日午后才见过老爷！每天早上，我须得去碧水宫上交每日呈文，只有那时才能见到康把总，正打算明日一早就去告诉他哩！”

“明白了。”狄公说罢，靠坐在椅背上，缓捋长髯，半晌后又道，“还请修百长千万不要在康把总面前提起本县。我很乐意与他谋面，不过并非眼下。在我离开此地之前，或许你可让他安排我去碧水宫走一遭。不知那出名的三公主住在宫内何处？”

“就在碧水宫东北角，最是戒备森严的地方，外人不得入内。要想进到那里，须得先经过主事太监的住处，听说此人十分精明干练。老爷可想而知，在宫墙之内当差，不精明哪里招架得住，只因到处都是尔虞我诈。”

“本县一向听说三公主极富才智，为何不能平息这些明争暗斗？”

“三公主若是知道发生了何事的话，自然可以平息！不过，宫内总有好几百人，她要想知道这些人到底都在做甚，却是难于上青天。公主身边全是侍女宫人之类，每个人讲起每件事来，总会有所出入，都想说得对自己有利。谢天谢地我没在宫内当差！”修百长说罢摇一摇头，接着问道，“至于郎六，不知老爷想让小校有何举措？还有那货仓中的四具死尸，又该如何处置？”

“对郎六暂且按兵不动。等我有空时，再亲自对付他。至于那几具尸体，修百长不妨派几名亲信前去抬回，送入殓房内，就说是几个拦路劫匪，抢劫路人时遇上了巡兵，于是当场丧命。对了，说起劫匪来，我刚刚得知了一些戴民被杀的内情。那后生痴恋着掌柜夫人，而魏太太很可能已先去了十里村，戴民在地图上标出的那条路线，正是通往彼处，显见得要去与她会合，不想却在半路中死于非命。”

“着实有些意思。魏太太那样的女人，另有情郎也未可知。嫉恨常会使人动杀心。今夜正好有两名密使要外出，我自会命他们去打探魏太太的消息。她可能仍在十里村，正与杀死戴民的凶手厮混在一起！多谢老爷告知！”

狄公站起身来，修百长又道：“老爷遇袭一事，令小校受惊不小。要不要派两三名乡民中的密探供老爷差遣，以确保平安无事？”

“不必如此，多谢你一番好意。他们反而会碍手碍脚。本县一旦探听到新消息，定会让你知晓，再会了。”

修百长恭送狄公下楼，一路垂头丧气。

此时已近午夜，街中行人寥寥。狄公行至渔王客栈，将马匹拴在正门旁的一根柱子上，然后迈步走入。大厅里空无一人，透过槅扇屏风，只见魏诚背朝这边，正弯腰看觑地上的一只大皮箱。狄公绕过柜台，抬手敲敲屏风。

魏诚站直起来，转身闷声说道："不知大夫有何贵干?"

"烦劳掌柜让马夫将我的坐骑牵到马厩中去。我给人看完病后，骑马去林中行走，不想却迷了路。"

魏诚口中咕哝了几句入寝甚晚云云，朝账房的后门快步走去。狄公忽觉筋疲力尽，一头坐倒在桌案旁的圈椅中，伸伸僵硬的两腿，漫视着槅扇上繁复的图案，回想今晚这一连串离奇遭遇。原以为自己被召入宫，定是修百长跟上司通风报信的结果，不料他还没见过康把总的面，且对项链失窃一事毫不知情。可见在此镇中另有他人认出了自己，又从客栈的登记簿上得知化名为梁大夫。那神秘人物定是有办法与公主直接联络，因为从自己抵达河川镇，到八仙夫人派轿来接，前后只有一个半时辰。凡此种种，实在令人迷惑不解。只听从楼上某处隐隐传来月琴声，那弹奏者显然也入寝甚晚。

狄公两眼一扫，瞧瞧地上打开的箱子，里面塞着女人衣物，还有不少衣裙搭在掌柜座椅的靠背上，最上面是一件大红长袖锦袍，用金线绣出各种花卉图样，看去十分悦目。

一时魏诚转回，道是马夫这就去照料马匹。

“夜中相扰，实在抱歉。”狄公说罢，只觉懒怠起身，随口又道，“我看见马厩对面有一座大砖房，想是贵店的仓房?”

魏诚朝狄公迅速一瞥，奸猾的两眼中闪过一丝凶光：“那里并没什么值钱东西！只是几件破烂家什而已。大夫有所不知，想要操持这客店生意着实不易！要是你知道花费有多少的话……”说话间从椅背上拿起红袍，扔进箱内，坐下又道：“这些日子忙个不停，一直顾不上拾掇我那好老婆的东西!”又低声念叨几句，似是自言自语：“但愿送进典当铺里，掌柜能开个好价钱！以前竟为她置办过这许多贵重衣物!”

“魏掌柜家中遭变，听得人着实难过。魏太太究竟被谁勾引，莫非你全无一点消息?”

“想都不用想，定是那个曾跑来说想当门房的无赖!长得人高马大，就住在旁边的镇子里。”

“你大可去官府递状告他。”

“告他? 不不，多谢大夫好意！那厮在山里有不少朋友，我可不想一觉醒来被人抹了脖子！不过总算拔去了眼中钉，从此无虑了。”

狄公站起身来，道别离去。

二楼一片沉寂。狄公走进门去，见伙计已在天黑之后将窗上的遮板关起，因此房内十分闷热，正要打开透一透气，转念一想，何必开窗招引刺客上门，于是就此作罢，拴紧房门，脱去外袍，查看手臂上的刀伤。只见长长一道创口，所幸伤得不深，狄公先用热茶冲洗过，再换上一条新绷带，方才上床躺倒，室内溽热闷塞，过不多久便觉浑身冒汗。眼前浮现出匪首左眼被刺后可怖的面容，还有其他几具死尸血肉模糊的伤处。葫芦先生虽然又老又跛，身手却如此不凡，真是咄咄怪事……于是又看见货仓中葫芦先生的模样，有些似曾相识之感，莫非以前在哪里见过不成？狄公想到此处，终于沉沉睡去。

九

狄公一夜未能安寝，早早便已醒来，下地开窗一看，空中不见一丝云彩，必是天气晴好。狄公洗漱完毕，又梳理过长髯，反剪两手在屋内来回踱步，半晌过后，忽然发觉自己在此流连不去，只为等候那采薇姑娘前来送茶，不禁暗自着恼，决意出门去对面的九云客栈吃一顿早饭，最好再探听些有关此地的消息，并打问一番如何才能看清碧水宫的外墙。

楼下的大厅内，一个年轻伙计正在柜台后打哈欠，见了狄公连忙请安问好。狄公含糊应了一声，出门穿街而过。

渔王客栈并无饭厅，而九云客栈里却有一间，就设在大厅后方。如今时辰尚早，只有五六个客人各自坐在小桌旁用饭。一个矮胖男子立在柜台边，正在责骂伙计，小眼一瞥瞧见狄公，立时住口不语，一步一摇地迎上前来，“京城名医光临敝店，真是荣幸之至！请坐这边的角桌，又清静又舒服！敝店的吃食样样都要好过那渔王客栈，你老一尝便知。如今有猪肉大葱炒饭，还有干炸鳟鱼，刚刚从河里捞出来的，要不要来上一份?”

狄公本不想开销过甚，见这掌柜十分饶舌，心想花几个钱多套出他几句话来，倒也值当，于是点头应允。胖掌柜连忙对伙计吆喝一声。

“渔王客栈里的客房倒很舒适，”狄公议论道，“不过那账房出事后，店内上下乱作一团，行事难免粗疏，但也不好过于苛责。”

“你老说得一点不错。戴民是个规矩的后生，性情稳重，讨人喜欢，管账也是一把好手。客店全靠魏太太操持，那女人又和气又能干，谁知吝啬的老魏竟那般刻薄！魏太太每花一个铜子儿，老魏都要紧盯着不放！每次魏太太来这里，我总会送她几个豆沙角——这是小店的特产，她一向喜欢得紧。实话跟你老说，就在她离家的那天晚上，我还给过她三四个哩。我从不赞成妇人做出不轨之事，不过都怪老魏逼得她走到这一步，实情就是如此!”胖掌柜说到此处，对伙计使个眼色，接着又道，“魏太太总是先为家中生意着想，不愿在教会侄女料理店务之前就一走了之。要是让我说呢，那姑娘生得倒挺俊俏，只是有些心高气傲。魏太太十分顾家识大体，若是我老婆也能这样的话……”

这时伙计送上一只竹托盘，盘内盛着几只豆沙角。

“来了来了!”胖掌柜对狄公咧嘴笑道，“你老只管放开了吃，要多少有多少!”

狄公咬了一口，只觉过于甜腻，口中仍赞道：“果然味道上佳!”

“这些就全归你老了!”胖掌柜伏在桌上，低声又道，“如今我还有一事，想必大夫会有兴趣，权当考你一考。我每次吃过饭后，过上约摸两刻钟，总觉得肚子左边有些钝痛，随后又觉得肚脐正上方这里火烧火燎的，还有几分酸疼，却是在……”

狄公伸出一根手指，温言说道：“问诊一次，得收一两银子，且要先付钱。”

“一两银子！又不必麻烦你老替我细查，只想问问有何高见。我还患有便秘之症，如今……”

“掌柜还是去请教自家大夫好了。”狄公说罢，执箸在手。胖掌柜怏怏看了狄公一眼，端起盛有豆沙角的托盘，蹒跚走向柜台。

狄公大口吃起饭来，心中暗赞这炸鱼着实美味，吃罢出门后，却见采薇正立在街对面的门廊下，穿一身褐色衣裤，腰系大红丝绦，一头乌发用红布缠起，笑盈盈问候一声，又说道：“今日天气晴朗，划船去河中可好？”

“我要不要换身衣服？”

“不必了，只需在路上买两顶斗笠即可。”

采薇引着狄公穿过几条窄巷，走到码头东边。狄公买了两顶斗笠。采薇将飘带系在颏下时，狄公迅速朝郎记货仓一瞥，只见两名苦力正抬着一只大包裹走向开阔地，一个脑袋尖尖的瘦削男子从旁督管。采薇顺阶而下，走到水边，抬手指着一条狭长的小舟，外表看去十分光滑，正泊在一群大船当中。采薇扶稳船身，狄公踩进去坐在前头。采薇熟练地撑船离岸，然后换用一支长桨，划入河流当中。

狄公说道：“我想去那有名的碧水宫看一眼。”

“这个容易得很！我们顺着河边一路下去，在跨河去对岸之前，自会经过那里，最好看的地方全在另外那边。”

一阵微风吹过平静的水面，朝阳射在脸上，居然颇觉热辣。狄公摘下帽子纳入袖中，换上斗笠。采薇已脱去外褂，丰胸处紧紧系着一条大红头巾。狄公靠坐在船头，眼看采薇立在船尾打桨，动作轻灵优美，双肩双臂已被晒成金褐色，青春年少真是无价之宝。狄公想到此处，不禁略生感伤，转而留意起河岸来。水边有许多高大的松树，下面生着低矮灌木，不时可见狭窄的水湾与洞穴。

采薇说道：“在这里钓不到什么好东西，只有螃蟹和鲇鱼而已。要钓鳗鱼，如今时节尚早。”

一路行至上游，树林越发茂密，缠绕在低枝上的绿藤悬垂至水面，藤上青苔密布。过了大约两刻钟，采薇将小舟摇到河中央。

狄公连忙说道：“我们可否顺着河岸再走一程？不妨离碧水宫更近些，我想好好赏看一番。”

“然后害得你我双双送命？前面那些上了色的浮标，莫非你没瞧见？码头那边有一张告示，字写得斗大，道是所有船只不得越过浮标。在岸边的宫殿上，也有一块同样的告示。要是越过界线，城墙上的官兵便会开弓放箭，把你当成活靶子。只能远远地望一眼罢了！”

采薇驾着小舟，在浮标前方划了长长一道弧线。狄公这才看见在碧水宫的西北角处有一座三层望楼。树林延伸至一个狭窄的水湾处突然终止，那里显然是护城河的河口。北边的宫墙直直立在水上，角度稍稍后倾，雉堞上每隔一段建有一座稍低的望楼，弓箭手头戴铁盔，在阳光下闪闪发亮。

“好大一座宫殿，是不是？”采薇在船尾说道。

“确实如此。我们再走远一些，去东北角的塔楼对面看看，如此一来，便可尽收眼底了!”

这时一艘大货船从旁经过，桨手们动作齐整，节奏听去似是一首哀歌，采薇也跟了上去，打桨时稍稍加快，显得轻捷活泼。狄公遥望宫墙，只觉十分高大森严。水面上共有八个带栅栏的门洞，显然是让河水从此处流入宫墙，再流进人工河道与水沟中去。最后一道水门之上，果然建有一座亭阁，带檐的阳台状似梯形，开有三扇凸窗，前方一扇最大，左右两旁的稍稍小些，下边扶墙的最底部大约高出水面六尺。若有一只小船泊在那里，想必不会被上面的人瞧见，不过如何能一路划桨过去，却又不被望楼里的弓箭手发觉，着实匪夷所思。

“莫非你想看见千娇百媚的公主不成？这就划去对岸吧？”

狄公点点头。逆水行舟颇为吃力，日光渐渐强烈，照在采薇汗湿的肩头，看去闪闪发亮。北岸的树林较为稀疏，不时可见渔夫的小茅棚掩映其中。快到目的地时，采薇将铁锚抛入水中，锚上还系有两块砖头。小舟顺流漂了一段，终于停住不动。

采薇欣然说道：“这才是钓鱼的好地方。有一次我和戴民同来，捉到了好几条大鲈鱼。你瞧，这只罐子里装着蟹腿，用来作鱼饵最好不过!”

狄公一边装鱼饵，一边议论道："'子钓而不网'[1]，他说应该给鱼儿一个公平的机会。"

"我听过这话。爹爹在世时，常常念古书给我听，他是村学里的先生。我娘过世的时候，我年纪还很小，又是家中独女，因此爹爹在我身上花了很多工夫。不不，用另外那根鱼线！要钓鲈鱼，得用更长的线才行。"采薇说罢一甩鱼竿，接着叙道，"我和爹爹在一起，日子过得很是快活。但他过世以后，我就不得不到这里来，只因魏叔叔是关系最近的亲戚。我没法把以前看过的书带来，那些书都归村学所有。你既是个有学问的大夫，家里定会有个大书房吧？"

"确实不小，只是少有时间进去。"

"我想住在一个读书人家里，能看各种有趣的书，还能写字作画，让人觉得安然无忧，不知你可否明白我的意思。实话跟你说，婶婶在的时候，住在客栈里也还没有这么糟。叔叔从不给婶婶置办衣物，但她的嫁妆里有几卷上好的锦缎，我帮她一起缝过几件新衣裳。她最中意的一件是大红织锦料子的，上面还有金线绣出的花样，觉得穿在自己身上很中看，说得一点不错！"

---

[1] 语出《论语·述而》。书中直译为"孔夫子总是用鱼竿钓鱼，从来不用渔网"。

狄公坐在船头，将鱼竿放入水中，说道："确实如此，我听说你婶婶是个好女人。我也很能体会得像戴民那样多情善感的年轻后生，为何会对她怀有一腔痴恋。"

"他对婶婶痴心得不得了！我敢说他去赌博，只是为了能不时送婶婶一件礼物！"

"比起赢钱来，赌博更可能输钱哩。"狄公随口说道，只觉鱼线微微一沉。

"戴民确实赢过。不过我想那是郎掌柜故意放水，为了过后再骗他上钩！我看那郎掌柜是个卑鄙小人！"

"郎掌柜？他们在何处赌钱？"

"戴民去过几回郎掌柜住的厢房。啊呀，留神！"

狄公放开手里的鱼线，心里忽然冒出一个念头。郎六与一个年轻账房一力交好，其中必定大有缘故。

采薇兴奋地叫道："给它放长线！"

不错，回去就给郎六放长线。这线实在够长，可能会将破败的郎记货仓与金碧辉煌的碧水宫连在一起。还须有放有收，然后再静观其效。

"拽出来！"采薇屏息说道。

狄公缓缓收线，只见一条大鲈鱼露出水面。狄公倾身靠在船舷边，将不定扭动的大鱼拖到船内，又放入竹篮中。

乘舟中流垂钓鲈鱼

“钓得好！如今瞧我的！”采薇说罢，两眼盯着浮子，面颊通红，斗笠下滑出一绺乌亮的散发，在风中轻轻飘动。狄公恨不能立时转回，以便查看南岸是否有一条小路，但若是此刻败了姑娘的兴，未免太不厚道，便再次甩出一根短线，心中重又思量各种可能的情形。戴民惨遭折磨的模样，当时看见就觉得古怪，如今总算有了一种解释。

只听采薇说道：“鱼儿根本不肯咬钩。大夫不妨说说，家中共有几位太太？”

“三位。”

“大太太性情和善吗？”

“非常和善。家中一向十分和睦，令我很是欣慰。”

“你既是个出名的大夫，理应娶四房夫人，这数目也很吉利，会带来好运气！说到好运，我想……”

采薇抬手收线，拎出一条鱼来，比方才那条稍稍小些，随后一心盯着鱼线，狄公则自想心事，二人默然许久。采薇又钓起一条大鲈鱼，狄公说道：“我觉得两腿发麻，也想亲手试一试划桨，很多年未曾划过了！”

“好说！只要你别把小船弄翻就成！”

二人蹲伏在船底，彼此交换位置。小舟左右摇晃起来，狄公不得不伸手扶住采薇的肩头。采薇低声说道：“和你在一起，真是叫人舒心！”

狄公连忙拿起长桨，跪在船尾，划着小船朝上游而行，使得采薇能收起铁锚，旋即离开河岸。狄公虽然划得不坏，不过跪时无法全身发力，只能靠两手用劲，觉得手臂上的伤口突突直跳，刚想站起，小船便开始剧烈摇晃。采薇不禁咯咯大笑。

“且罢，我不站起来也照样能划。”狄公悻悻说道。

“你打算划去哪里?”

“我想在某处上岸，不定可以在灌木丛中采些草药。不知你可否介意?”

“我倒不介意。不过那些小山洞附近却是不行，根本没路可走。”

“既然如此，我们不如就回码头去，顺水行舟要容易得多。”

然而过不多久，狄公便发觉并不似想象得那般容易，河中船只渐多，必须使出浑身解数来避免与他人相撞。采薇从旁兴高采烈地说个不停，狄公听得半心半意，忽然问道:“搜? 谁搜什么?”

“说的就是我叔叔! 他定是搜过戴民住的阁楼。今早我去打扫时，发觉有人在里面细细翻了一遍，就像用篦子梳过一般! 想不出叔叔究竟想找什么! 还是让我来吧，你就算再划上一年，怕也不能把船顺顺当当地泊回去!”

十

二人上岸后分道扬镳。采薇手提鱼篮，哼着小曲朝大街走去。狄公穿过鱼市，看见头一家小饭铺，进门要了一大碗竹笋炖面，吃罢后匆匆喝了一杯茶水，随即转回渔王客栈，急于洗浴一番。

此时正值午饭时分，浴房内果然空无一人，甚至连伙计也不见踪影。狄公躺在浴池里，心中反复斟酌思量。此举极为冒险，自己的所有设想只依据两桩事实而来：一是戴民死前曾惨遭折磨，二是其住处被人搜过，其他则完全来自对郎六那般贪婪卑劣之人的洞悉与猜测。如今必须冒险一试，如果所想为实，便会顺利完成查案的第一步。如果推断有误，至少也可以敲山震虎，那伙人一旦受到惊吓，往往会自乱阵脚、犯下大错。

狄公正往手臂上缠一条新绷带时，只见浴房伙计走入，于是命他去客房中取来自己的干净衣袍，再将换下的脏衣拿去交给洗衣妇。狄公穿上洗过的褐色骑服，走入大厅，向伙计询问郎掌柜可否用过午饭，见对方点头，便递过自家名帖，命他去问郎掌柜可有工夫会面须臾。

“大夫有所不知，郎掌柜吃过饭后，不喜欢有人搅扰!”

“先去问过再说!”

伙计面带犹疑朝长廊走去，转回时却满面笑容：“郎掌柜说欢迎大夫前去！就在右手边的第四扇门。”

一个尖头瘦削男子出来开门，正是狄公早上在货仓外见过的那人，摆出一脸谄笑，自称是郎掌柜的账房，引路穿过宽敞凉爽的前厅，走入一处阔大的套房。这里似是占据了客栈左厢的整个后部，显然是店中最为昂贵且又僻静的客房。

郎六坐在一张厚实的乌木雕花桌案旁，面前摆着大卷账簿，两名保镖站在一扇折门两旁，门外便是寂静的后园。郎六起身一揖，请狄公坐在另一张圈椅上，微微笑道：“敝人正与手下一同查账，大夫大驾光临，正好暂停冗务，稍歇一时!”说罢示意账房沏茶。

“郎掌柜，在下本打算早些来拜访，只可惜昨晚深夜方归，今早看天气大好，又想出去走走。”狄公殷勤说罢，接过账房送上的茶水，举杯呷了一口。

郎六议论道：“除了雨天，此地的气候倒是甚合吾意。”

狄公重重放下茶杯，手拄膝头，转而厉声说道：“听郎掌柜这么说，着实令人快慰！想必你非得在河川镇长住了！”

郎六扫了狄公一眼，缓缓说道：“大夫说这话，不知是何意思？”

“意思就是讲和不成，从此勾销。若是郎掌柜离开此地半步，休怪我们不讲情面。昨天晚上，你那些蠢笨的手下意欲行凶，将我劫到码头上的郎记货仓内，想要害我性命。”

账房从旁低声说道：“老爷，小人曾禀报过那里满地是血，还……”

“住嘴！”郎六喝斥一声，又对两名保镖命道，“把那些该死的门都关上！你二人一个站在外头花园里，一个站到前厅里去。别让人进来打扰。”说罢两眼凶光毕露，紧紧盯着狄公，“我不明白你这番话。昨天在浴房中碰面时，我就疑心你是红帮的人，大夫一般不会如此魁梧壮硕。不过要说我想取你性命，却是子虚乌有之事，既然已经讲和，我方定会言而有信。”

狄公耸耸肩头：“此事我暂且不提，另有要事相商。我受命前来向你提出一议。你雇了此店的账房去偷一件非常值钱的玩意儿，贵帮定是十分缺钱——竟然甘愿冒着被千刀万剐的风险，要知道剐起来费时颇长，那滋味甚难消受哩。”

郎六仍是不动声色，不过账房立时面白如纸。狄公看在眼里，接着说道：“倘若去官府告发郎掌柜，自是乐事一桩。不过讲和就是讲和，我方说话算数，当然要大家平分才行。八十四折半便是四十二，若是我算得不对，还请郎掌柜指正！”

郎六缓缓捻着山羊胡，恶狠狠望向两名保镖。那二人拼命摇头摆手，账房疾步退到郎六的座椅后方。半晌无人开腔，偌大的房内一片沉寂。郎六终于开口说道：“贵帮兵强马壮，手段着实不凡，看来我非得好好整治手下人马不可。你算得一点不错——你我曾经同意在中间地界里南北拆账。不过，我之所以不曾告知贵帮头领，只因此事未能得手，并没拿到那珠子。”

狄公霍然立起：“郎掌柜，昨晚有人企图杀我，便证明你在说谎。若是不肯听从好话，在下受命前来告知一声，两帮讲和到此为止，再会了！”说罢朝门口走去，刚刚握住门把手，忽听郎六叫道：“回来坐下！且听我解释其中缘故。”

狄公走回桌旁，却兀自不肯坐下，愠怒说道：“郎掌柜，你先得为了希图害我性命而当即致歉！”

“阁下在属我所有的货仓内遭逢意外，在此特为赔罪，并将立即追查此事。这下你可满意了？”

“总归聊胜于无。”狄公说罢，方才重又落座。

郎六朝椅背上一靠：“我办了件错事，当初本不该接下这桩生意。不过你也知道我们如今的开销有多少！不但得给赌馆里的管事付佣金，还有那些专做手脚的无赖们。想要经营像样的妓院，偏又弄不到足够的姑娘，叫人如何是好？如今为一个乡下丫头，花费的银子竟和受过调教的歌伎舞姬一样多！除非结结实实发一场洪水，或是庄稼歉收大闹饥荒，否则我真打算撒手不干了。至于缴税，你可能有所不知……”

“不必多说！且说那珠子到底如何！”

“我正想跟你解释此事。依今之势，十根金条总是一大笔横财，不可小觑。这桩生意一旦办成，我就能到手这个数，并且没甚切实的风险或花费。”郎六说罢长叹一声，“事情原是这样，六七天前，一个丝绸经纪来见我，自称姓郝，带着京师里我一个手下的引介书信，道是有一熟人，正打算从碧水宫里偷出一条值钱的项链，链子上共有八十四颗上好的珍珠，不过必须拆开来一颗一颗脱手。如果我认识对碧水宫周围的河流地势十分熟悉的人，可找来办理此事，郝某的熟人会给我十根金条作为酬劳。我立时想到了此店的账房，他对这条河可谓了如指掌，不过当时并没吐露一句。十根金条虽是一笔巨款，但是从宫里偷东西，实在风险太大。郝某却说一切都已安排妥当。我这账房可为你重述详情——此人记性极好，简直过目不忘。（这狗头只有这一个长处！）你且讲来！说说你都听到些什么！”

尖头男子闭起两眼，双手交握，飞快地说道：“子初时分，让那人驾船离开此镇，沿着右岸划到第四道水湾处，将船留在那里，再顺着第二排松树后的小路行走，那原是宫中巡兵走的道儿，沿着河岸直通向西北角处的护城河。水面下头两尺深的地方，有一道旧水闸的闸门，顺着此闸直游到西北角的望楼。水面附近有一道暗礁，大约一尺来宽，沿着北墙延伸下去。在礁石上走到最后一座水门前，上方有一面扶墙，支撑着一个带屋檐的阳台。砖墙上有许多裂缝，很容易攀爬上去，从旁边的窗户钻进亭阁。此阁与一间卧房相连，中间有一道敞开的月洞门，项链要么放在刚进月洞门的一张梳妆台上，要么放在对面的茶几上。先在月洞门外静候，等人都睡熟了，进去拿走项链，再顺原路返回。不必担心城墙上的弓箭手，他们自会去别处忙活。”说罢睁开两眼，得意地咧嘴一笑。

郎六接着说道：“既然郝某的熟人深知底里，我想或可一试，看能否说服那账房。我知道他很缺钱，便请他来小赌几回，先让他赢了几把，后来便输得很惨，然后特意道出此事，他听罢一口答应，于是我告诉郝某诸事顺利。若是戴民被人捉住，我自然会推说自己对这种种谋划一概不知，并指明他是因为赌输了全副身家才会受此引诱。”

狄公厌倦地说道：“我乐意相信郎掌柜这一番话，只等着听你说为何没能拿到项链，其他的自然不在话下！”

郎六怒道：“我只想对你讲出所有来龙去脉而已。到了说定的时刻，戴民从我的货仓出去，答应回来直奔那里，交出项链，再拿走应得的酬劳，扣掉他欠我的钱之后，还能得二十两银子。虽说我有时也会犯错，不过至少还知道按规矩小心行事。我派出几名手下，守在出河川镇通往东西南三面的路上——只为确保戴民一时疏忽、失约不归的话，可以提醒他一二。我的账房在货仓内等候戴民，过了一二个时辰还不见人影。有二人守在朝东去的路上，果然将那厮逮了个正着。只见他一路兴冲冲奔来，穿得整整齐齐，定是先回了渔王客栈一趟。”

狄公暗暗打个哈欠：“郎掌柜定是常爱在集市里听人说书吧！”又厉声说道：“项链到底下落如何？”

“戴民那混账说是没有拿到！他爬上墙去，钻入亭阁，事事都很顺利。不过阁内空无一人，卧房里也是如此，不但没见项链，而且根本没有值钱的珠宝可拿。他回来以后，不敢如约前去货仓，说是害怕我们以为他说谎骗人，实则自行藏起了项链。说来也巧，我的手下果然怀疑他如此行事，费了些力气想让他讲出实话来——不料用力过猛，竟让他当场丧命。不知贵帮如何能妥善管束手下，至于敝人，委实找不到真正得力的人手。”郎六说罢，凄然摇一摇头，接着叙道，“他们不但在拷问戴民时弄出了乱子，且又选错了沉尸入河的地方，理应去下游几里之外才对。依照常例，我又命人去搜过戴民的住处，自然一无所获，总不能再去那该死的树林里，逐一搜过所有的树洞和石缝吧？于是我将此事一笔勾销，就是这样。”

狄公长叹一声：“郎掌柜着实讲了个好故事，正如戴民讲给你手下的一样动听。唯一不同之处，便是戴民不能自证其说，郎掌柜却可以。只要介绍我去认识你的朋友郝某即可。”

郎六在座中挪动一下，看去不甚自在：“昨天早上，郝某本该带着十根金条前来，不过没见他的人影，我也不知该去何处寻他。”

众人默然许久，狄公一推座椅，站起身来：“郎掌柜，在下十分抱歉，不过还不能就此回去复命。我总不好管你叫做骗子，只想说非得找到证据不可。为了查看情势，我还得驻留一阵，另有几个朋友也在此地逡巡，这一点自不必言，所以望你不要重蹈覆辙，再次犯下昨晚的错误！若是你想客客气气会面晤谈，自然知道该去哪里找我。后会有期！”

尖头账房恭敬地将狄公送到门口。

十一

狄公上楼走回客房内，重重坐在窗边的圈椅中。戴民被杀一案已是水落石出，务必将凶犯绳之以法，除了郎六之外，还有折磨戴民致死的一群打手。不过先得查明真正的罪魁，即策划偷窃项链之人。自己的猜测如今被证明为实：这桩窃案果然是某个宫廷阴谋里的重要环节，郝某背后的主谋定是来自宫内。但愿郝某确有其人，只因奸臣想要从宫外雇佣帮手暗中行事时，总会利用一个所谓的牙侩。要是能逮住这厮，捉来加以审问，他必会供出那熟人究竟是谁。不过有些事恐怕不大对头，他并未与郎六联系。狄公想到此处，忽有一种不祥之感，觉得郝某似已逃之夭夭。

这时楼下又响起月琴声，节奏轻快，弹拨得十分娴熟，曲调虽然陌生，却颇为动听，忽地四弦一扫，戛然而止，随即传来女子的笑声。河川镇里没有歌妓，显然是某些客人自行带来的女伴。

狄公手捋长髯，心中思量。戴民会如何处置那条项链？三公主将项链放在条几上，戴民轻而易举便可拿走，甚至不必走入亭阁。莫非有人在别处等他，比如水门的栅栏后，或是扶墙下方？水门上皆有低矮的拱券，不过三四尺高，自己曾在河中亲眼见过，也可能在小船上进行秘密交易，有人从那里拿走项链，隔着铁栅给戴民一笔酬金，不定是一根金条，而并非应许给郎六的十根。奸诈的内臣最擅长设下阴谋诡计，如此捉弄郎六完全不在话下。交易也可能发生在松林里——郝某就在林中等候戴民返回。无论何种情形，戴民都可能将金条藏入某个树洞里，打算过后再取回，先奔去十里村与魏太太商议二人今后之计。狄公长叹一声，这其中有太多可能，也有太多不明之处。

有一事确定无疑：希图除掉自己和葫芦先生的阴谋，确实与郎六无关。那些刺客之所以选中郎记货仓，只因他们知道郎六曾在彼处拘人拷问，或是做些其他龌龊的勾当。到了晚间，那一带阒寂无人，愈发便于下手。他们的雇主正是郝某，因为匪首在临死前努力吐出的正是一个“郝”字。幕后主使企图取自己性命，第一次虽然失败，不过显然认定不可让自己介入其中坏了大事，因此必不会善罢甘休。

忽听有人轻轻叩门，狄公坐直起来，从条几上拿起长剑，紧紧握在手中，随后拉开螺栓，将房门打开一个小缝。

厅堂内郎六会狄公

来人却是郎六的账房："郎掌柜请先生去大厅走一趟，刚刚收到一封信，想给先生过目。"

狄公将长剑放回条几上，跟随账房一路下楼。

只见郎六站在柜台旁，正与魏诚攀谈："啊哈，还好大夫仍在房中！我有一名手下腹痛得厉害，要是你能去瞧他一瞧，实在感激不尽。我这就领你过去！"正欲转身时，从袖中摸出一封开了口的书信，上面工工整整写有郎六的大名，举到魏诚面前："顺便问掌柜一句，方才是何人送来的这封信？"

"郎掌柜，敝人坐在槅扇屏风后面，只瞧见一个小童将此信扔在柜台上，随即跑出门去。我看见上面写着郎掌柜的大名，便叫一个伙计立即送到客房中去。"

"明白了。大夫请这边来。"

三人走入郎六的住处，郎六将书信递给狄公，冷冷说道："你想要证据，我就在柜台前稍稍演了一出戏，专为让你明白这信从何处而来，并不是我在你走后故意做下的手脚。"

狄公打开一看，里面道是写信人由于遭逢意外而爽约，没能去见郎六并商议购买生丝一事，深为抱憾，今日酉正时刻，将在郎记货仓内会面，若是生丝的货样令人满意，便可立时成交，署名"郝某"。其中措辞无可挑剔，一笔工整的台阁体好字，看去必非假造。郎六若想在河川镇找到一个能写出此信的文士，至少也得花一天工夫。

狄公将书信还给郎六，说道：“且罢，郎掌柜，这确是我想要的证据。讲和可以如约继续。及到酉正时刻，我自会去货仓等候。”

郎六扬起两道细眉：“去货仓等候？我们为何要去那里？此事已经作罢！姓郝的去货仓时，会发现大门紧锁，并无一人！”

狄公惋惜地瞧了郎六一眼：“难怪郎掌柜招不来像样的手下，遇事竟会如此误断！老天爷，如今有十根金条正等着你去拿，你居然锁起门来推说自己不在！老兄只管听我的，我来告诉你该如何行事！我们理应客客气气地接待郝某，问他身上可带着金条，如果带来了，我们就感激收下，然后说明并未弄到项链，不过却费了许多周折，并且花销甚巨，因此收下这十根金条，算是大家和气了账。”

郎六连连摇头：“那姓郝的狗头背后定是有权有势之人，一嗅便知为朝廷大官，或是大官的朋友，不然哪能对碧水宫的格局知道得如此清楚。老弟，我一向力求平安无事，不喜欢惹出乱子来。”

“无论是不是高官，莫非郎掌柜看不出来，如今他们已被你我攥在了掌心里？若是郝某不赞成这合情合理的提议，我们就说身为守法良民，十分乐意与他一道前去兵营，让官府来裁决此事。到时候我们自然得解释说，之所以参与这场盗窃皇家珠宝的阴谋，只为在报官前拿到所有证据，方可去官府请赏。”

郎六一拍桌案，叫道：“老天有眼！如今我总算明白贵帮为何总能处处占上风。你们有的是精明强干之人，而我却只能跟这些狗娘养的酒囊饭袋们一起行事，就像这个号称账房的家伙！”说罢跳将起来，狠狠甩给账房两记耳光，发泄过怒气后，重又坐回椅中，对狄公咧嘴笑道：“老弟，此计真是绝妙得很哩！”

狄公淡淡说道：“一旦成功，你得分给我方五根金条，四根交给上头，一根归我所有，算是出力的酬劳。”

“贵帮头领应该给你两根才是！”郎六慨然说罢，冲账房喝道，“你这狗头听着，这是你最后一次将功补过的机会！回头带这位兄弟一起去货仓。”又对狄公说道，“我就不必亲自出行了，总要顾及一下体面。不过你二人并非单枪匹马前去应对，我会派十来个好手埋伏在货仓后头。”迅速瞥了狄公一眼，急急又道，“只为以防万一，免得郝某也带着几名手下同去！”

狄公冷冷说道：“郎掌柜的意思，我哪能不知！快到酉正时分，我自会去货仓。还请告诉你的手下一声，好让我一路顺利!” 说罢朝门口走去。

郎六亲自将狄公送到外面廊上，欣然说道:“有缘得识老弟，真是幸事一桩! 事成之后，你我再一起喝上几杯，算是庆祝蓝帮与红帮联手协作!”

十二

狄公回到卧房，拿了葫芦和长剑，意欲立时去见修百长，告知有关郎记货仓中的密会，再与他一道妥为安排，以便将神秘的郝某与郎家打手们一网打尽。

采薇站在客栈大门前，正与一个售卖花粉头梳的老妇人讨价还价。狄公刚要点头致意，采薇伸手拽住他的胳膊，拿起一柄嵌有廉价珠子的象牙发梳，羞怯说道："这个戴在头上，可还中看?"待狄公俯身打量时，迅速低声说道："小心留神！外面有两个人四处打听你。"

"果然十分中看。"狄公说罢，迈步走到门廊上，佯装观望天色，拿眼角的余光一扫，瞥见两名男子正站在九云客栈门前，一身灰袍，腰系黑绦，头戴黑帽，衣着甚为素净，看不出是何方人物，可能是郎六手下，也可能是碧水宫派来的密探。从此时起，还得留神红帮的爪牙，不定他们已听说了自己冒充红帮成员一事。无论这二人是谁，必不晓得自己正要去见修百长。

狄公走到街中，偶尔停下来瞧瞧店铺前摆的货物，发觉那二人果然跟在后面，几次试图设法甩脱，先是闲闲转过一个街角，随后突然拔脚朝前奔去，意欲消失在人群里，但那二人仍是跟在后面，看似毫不费力，足见是精通此道的老手，心中不觉有些着恼，走入一家大饭铺中，拣了一张摆在后方的桌子。伙计上前询问要什么吃食，狄公答说自己忘带了一样东西，从灶房的小门奔出，却见一个灰衣人正站在后街的拐角处，只得重又走回大街，心想若是对此镇十分熟悉的话，或可再次尝试甩掉尾巴，既然如此，就不得不使出花招来，不但迫使二人露出身份，同时还可送自己前去兵营。

狄公随着人流一路走去，终于看到了前方头戴尖盔的兵营守卫，忽地加快脚步，又猛然停住，转身撞在个头较高的一个灰衣人身上，随即高声叫道："有贼！捉住他们！"

一小群人立时围拢过来，急忙问这问那。狄公叫道："敝人是个大夫，这厮撞了我一下，旁边那个趁机把手伸进我的衣袖里！"

一个身材魁梧的苦力上前揪住高个男子的衣领，"好不丢人！居然抢大夫的东西！我要……"

一名矮胖队正排众上前，问道："这里出了何事？"

那二人并未拔脚溜走，年长者镇定说道："我们遭人诬陷，想去见你们百长！”

队正迅速打量一下狄公和那二人，提一提剑带，对那苦力说道：“你把手放开！要是让我说的话，此事纯属误会。各位且随我来，官署就在前头。”

四人直朝兵营走去，两名灰衣男子态度高傲，默然不语。刘副官出来引路上楼。

修百长正在批阅公文，抬头一看，并未理会狄公，先喝令那队正报上详情，听罢后伸手说道：“请二位出示官文！”

那二人各自拿出一份公文放在案头，看去一模一样，纸上带有红边，并盖有数个印章。年长者对修百长说道：“此人自称大夫，实是个冒名顶替的骗子。我二人奉命捉他进宫，如今需要兵士护送。”

修百长将头盔朝后一推：“二位想也知道，如果没有上司签发的差票，小校实难从命！这位梁大夫的官文十分齐全，曾在小校这里正式登记过。”说着挠一挠鼻头：“不过有一事不妨告知二位。你们可带一张小校写的文书，拿去给康把总过目，过后再回来提人。”说罢拣了一张空白文纸，提笔蘸墨准备书写。

年长者冷笑一声：“回来发现此人已不见了踪影？我们奉命行事，上头说得一清二楚！”

“实在对不住，不过小校也得奉命行事!”修百长说罢大笔一挥，写完后推将过去，“二位收好!”

另一人将公文纳入袖中，简短说道:“你得将此人扣在这里，直等到我们回来。”

“只要这位大夫愿意就行。小校总不能无凭无据扣下一位正经登记过的良民，想必你们也知道‘仁政’二字!另外，若是大夫愿意听从官府……”

“这个自然!”狄公连忙说道,“敝人并不想溜走，让二位以为我是个骗子无赖。误会须得尽快澄清!”

修百长对众人笑道:“好好，这就算说定了！二位可否需要马匹?”

“我们自己有。”那二人转身离去，再无一语，由队正引路下楼而去。

“你可认得那两个傲气的家伙?”修百长冲刘副官问道。

“认得，长官。他们穿一身灰衣，应是碧水宫总管的手下，主事太监的手下则是一身黑衣。”

修百长忧心忡忡望了狄公一眼:“老爷方才说过留下的话！这下真是要被卷进去了!”

“那二人还有多久才能回来?”

“半个多时辰。若是康把总不在官署内，他们还得耽搁一阵，没准儿需要一个时辰。”

“那可不行。到了酉正时刻，本县必须去郎记货仓，与郎六的账房碰面，还有一个姓郝的危险人物。郎六并不信任我与郝某，因此派了十来个家丁藏在对面的货仓内。我想请百长在附近布下人手，将他们一网打尽。今晚能否派出六十名兵士?”

“这得看老爷想告那伙人什么罪名。”

“郎六的手下谋害了戴民，其他人则是谋反大罪。”

修百长审慎地打量狄公一眼:“如此说来，小校最好亲自去一趟。如今还事关碧水宫中的高官们。我不能确定康把总一定会发出差票。在公文中，我已说明老爷正式登记过，首先他需要得知更多详情。”

狄公和缓说道:“本县十分确信，碧水宫的总管会给康把总提供许多详情。”

修百长转头说道:“刘副官，来一场漂亮的越狱逃脱如何?”见对方欣然点头，又冲狄公说道:“刘副官还可以帮老爷乔装改扮哩，如此一来，老爷立时便可掩人耳目，悄悄离去。即使那二人留下几个同伙在附近监视，也不必担心，刘副官十分精于此道!”说话间搓一搓两手，仔细打量着狄公:“我们先将老爷的胡须剪去，然后再……”

“本县可不想要什么乔装改扮!”狄公冷冷说道，“让你那副官替我弄一头老驴，再来一副拐杖如何?”

刘副官点头应允，立时转身出去。

“刘副官真是精明能干！老爷请喝杯热茶!”修百长说罢，细述了一番刘副官如何使得楼下的牢房看似关入一人，又如何弄出越狱逃脱的模样，说得十分详尽，竟至乐不可支，过后问道，“戴民被杀一案却又如何?”

“此案就发生在此地，因此正该由百长裁断。”狄公接着讲述一番郎六已承认折磨戴民致死，只因戴民拒绝说出将偷出的项链藏在何处。“今晚捉住郎六的手下后，我们再去渔王客栈捉拿郎六本人，我会正式告他犯下几桩大罪。不过那郝某比郎六重要得多。一旦郝某到了货仓，我会打两下唿哨，然后修百长可命手下蜂拥而上。郝某可能会带人前去。我先给百长讲讲那一带的大致情形。”

狄公取过一张纸，画出开阔地与货仓的简图。修百长对照地图，指出预备在何处派人把守。

一时刘副官回来禀道:“老爷，毛驴已在后院备好，最好动作快些，此时外面尚且无人监视。”

狄公连忙谢过修百长，由刘副官引路，走下一道摇摇晃晃的楼梯，来到灶房外的小院中。狄公骑上驴背，刘副官递过一副拐杖。

“办得好生利落!”狄公低声赞罢，从一扇小门出去。

狄公故意垂肩低头，驱着毛驴走上与大街平行的另一条街道，心中指望葫芦先生在河川镇上无人不识，因此众百姓见了也不会多加留意，唯一明显的不同之处是自己带了一把长剑。狄公连忙解开剑带，将长剑夹在两根拐杖之间，横担在驴背上。

毛驴徐徐前行，从熙攘的人群中穿过。狄公见没人多瞧自己一眼，不禁放下心来，不时有人冲自己打招呼，便举手作答，一路直奔渔王客栈方向，只为少冒些风险。那些宫中派出的密探断不会料到自己躲入客栈里。

渔王客栈背后的窄巷空无一人。忙碌的午饭时分已然过去，众仆正在休息，小商小贩一时也不会光临，直到晚饭前半个时辰左右才会再度登门。狄公走到后门口，跳下驴背，朝里窥视一下，只见后院十分杂乱，郎六客房的折门紧紧关闭，灶房里没有一点动静，二楼自己客房的窗户也是遮板紧闭，不过下面一间屋子却是窗扇半开，有人正在拨弄月琴，弹的正是昨晚听过的调子。狄公忽然想起此曲曾在多年前风行一时，京师中人人传唱，又仔细观察了一番后院，决意藏进旧仓房里。房门依旧半开半掩，狄公将拐杖与长剑挟在腋下，闪身入内。

仓房内一片狼藉，老旧的屋梁上垂下片片蛛网，弥漫着一股霉腥气味。屋后有些破旧的桌椅，地上却打扫得干干净净。

狄公细细查看那些旧家什，发觉后面靠墙处堆起几只麻袋，于是推开一张破旧的桌案，用剑尖戳一戳麻袋，见里面装有稻壳，心想可以躺在上面小睡一阵，那头识途的老驴无疑会一路自行归去。墙上开有一扇带栅栏的窗户，狄公将拐杖靠在旁边，在墙边重新排好麻袋，随即躺下，两手枕在头下，回想着刚刚查明的情形。

郝某给郎六送信确是个好消息，足证宫内的主谋尚未得到项链，因此大可放下一种设想，即戴民得手之后，宫内之人或是郝某于半途中直接买去项链。之所以有此一想，只因神秘的郝某人未在第二天去见郎六，如今从信中方知是因故耽搁了，并且打算今晚在郎记货仓内交易。这下真是再好不过，捉住郝某之后，宫内的主谋自会暂时停手思虑一阵，如此一来，自己便有了稍稍喘息的机会，可以集中精力搜寻项链。整个上午都在河中行船，狄公此时只觉昏昏欲睡，于是合上两眼。

狄公入睡后，却做了不少怪梦。梦中再度浮现出大胡子匪首那扭曲变形的模样，只剩下一只独眼骨碌碌转动，后来又是死去的戴民站在面前，脸孔青紫肿胀，两眼凸出，直直瞪视，伸出一双血肉模糊的残手，想要扼住自己的喉咙。狄公意欲起身，奈何浑身重如铅块，丝毫动弹不得，绝望地拼命喘气，以为自己将要窒息而死时，戴民忽又变为一个高大妇人，身着脏污的蓝裙，一头沾有尘土的乱发披散在面上，只露出一张嘴巴，口唇张开，吐出肿胀的舌头。

狄公惊叫一声，旋即醒转过来，起身下地，发觉出了一身冷汗，为了将噩梦从心中抹去，手持长剑冲着旧家什一阵刺戳，却不慎在几个积满尘土的口袋上绊了一跤，袋内似是装有面粉。狄公低声暗骂几句，拍拍双膝，重又躺回麻袋上，不一刻便沉沉睡去。

十三

狄公醒转过来，只觉脖颈处一阵奇痒，见窗外天色已暗，心中猛然一惊，连忙翻身下地，奔到窗前，听见厨子正在剁肉，口中还哼唱着小曲，这才放下心来。既然全不闻吆喝上菜之声，定是还未到晚间开饭时候。狄公揩揩刺痒处，发觉衣领下有许多蚂蚁到处乱爬，长髯与衣袍前襟内还有更多，不觉十分着恼，抬手用力拍打拂拭。

郎六的客房内已亮起灯光，一扇折门半开半掩，里面却听不到一丝动静。两个菜贩子走进后院，直奔灶房而去。狄公等他们提着空篮离去后，方才溜出仓房，刚一走出后门，却又吃了一惊。只见那头毛驴并未离开，正在墙边的垃圾秽物中嗅来嗅去。狄公心想不如仍旧扮作葫芦先生，于是疾步走回仓房取出拐杖，骑驴直奔码头。

鱼市前的饭摊上，许多百姓正聚在冒烟的油灯下，人头攒动，语声嘈杂。有人推了一车甜瓜，不慎翻倒在路中，路人纷纷上前帮那小贩拣瓜。狄公不得不暂且停下。一个衣衫褴褛的苦力揪住毛驴的缰绳，热心说道："葫芦先生，我来帮你过去!”说罢推开众人。就在此时，狄公忽听背后有人低声说道：“他们正在找他，但他不见人了。”

狄公坐在鞍上，迅速转身望去，半明半昧的亮光中，只看见几个少年满面笑容，正在后面帮忙推毛驴，不一刻便已走出了喧嚣之地。

狄公皱着眉头一路前行。货仓内的一场打斗，无疑证明葫芦先生站在自己这边。方才低声说话的那人，定是把自己误认作了葫芦先生，又似是表明总有人向那老者通风报信，及时告知自己的一举一动。葫芦先生与这桩疑案究竟有何关联？狄公又努力回想以前是否见过此翁，奈何仍是无果。

傍晚的河上升起一层薄雾，显见得已走到码头的另一端。此处没有店铺和货摊，看去漆黑荒凉。唯一的亮光来自河边停泊的船只，船头的灯光正随着水波起伏而上下摇晃。

狄公走过头一座货仓，下了坐骑，先将拐杖靠在墙边，再背起长剑，朝对面的大树走去，开阔地就在那边。正要从黑漆漆的树下经过时，只听头顶上有人哑声说道：“你来晚了，不过姓郝的还没到。”

狄公仰头看去，隐约瞧见一个硕大的黑影，正是郎六手下一名保镖，伏在一根粗枝上。郎六果然行事谨慎，防范甚严。狄公走过开阔地，抬手敲叩一下，尖头账房立时打开门扇，低声说道："还好你来了！这地方着实令我心惊肉跳！"

"莫非你怕戴民的鬼魂不成？"狄公冷冷说罢，将条凳推到墙边，自顾坐下。

账房也从旁落座，"此事与我无干！当日听他叫得如同杀猪一般！那几个蠢货还没开始动真格的，居然就让他断了气，真是可惜得很哩！"说罢厚嘴唇歪斜一下，嘿嘿冷笑几声，"他们就把戴民捆在这张凳子上，先是……"

"我对你们那些小把戏并没兴趣，"狄公背靠墙壁，将长剑搁在膝头，"你不妨说说从他嘴里问出些什么。"

"什么都没有。他们烙他的两脚时，他不停地叫着没拿到链子，后来又大叫再接着上刑也是无用，因为他根本没能得手。这该死的混账一直骂个不休，直到断气为止。那些傻瓜还切开他的肚子，想看看是不是把链子吞了进去，自然也是白搭。"账房看看狄公的长剑，又不安地说道，"这把剑或许会令郝先生起疑心。你真打算就这么拿在手里，而不是放到一个看不见的地方去？"

"一点不错。"

狄公抱臂埋头，试图涤除心中杂念，然而眼前的种种疑难总是挥之不去。从此刻起，必须把全副心思都放在戴民身上。即使郝某果然知道宫内的主使是谁，自己也无法动用官家手段来对付他们，除非找到了项链才行，三公主特意嘱咐过此事。不知戴民在决意骗过郎六时，心里究竟想些什么。若是自己能与那私奔在外的魏太太谈一谈，想必多少会得到一些关于戴民如何处置项链的线索。狄公见账房坐立不安，不禁冲口喝道："坐好！"关于魏太太的消息，全是从采薇那里听来。这女子虽说聪明过人，但终究只是个小姑娘，且与魏氏夫妇一起生活了不过数月而已。她对魏太太的一番好评，尚不知是否可信。她还说过魏太太并未与戴民勾搭成奸，魏掌柜性情怪僻，非常不近人情。不过一个已婚妇人不置一词便离开丈夫，总是有失体面的举动。魏掌柜说过其妻的奸夫是个无赖闲汉，此事也需要详查。自己本应与魏掌柜多说几句，奈何事情变化太快……

"你嘴里嘀咕些甚？"狄公对账房怒道。

"我只是对那姓郝的有些担心。我们已等了将近半个时辰！他若是不想交易，为何又要订下此约？"

狄公耸耸肩头。"你说为何订约？他可能被什么意外之事绊住了……"说到此处，忽然住口不语，抬手猛拍膝头，"我的天！本该想到此节才对！全是……"

账房吞吐说道:“什么……为何……”

“我也是个蠢货，跟你一模一样！这全是卑鄙的圈套!”狄公懊悔说罢，一跃而起。账房吓得连连追问，狄公却不加理会，一径奔出门去，抬手打了两下唿哨，尖利的声音划破了四周的寂静。隔壁货仓的房门开了一道缝，一个大胡子小心地朝外张望。这时从松林中传来呐喊喝令与兵器的锵锵声。对面树上跳下一个硕大的黑影，正是那名保镖。两名兵士上前捉拿，那人试图动手，头顶却被刀背拍了一下，随即跌倒在地。转瞬之间，开阔地中冒出一大群官兵，个个全身披挂。二卒手持战斧，猛劈隔壁货仓的房门。修百长跑到狄公身边，刘副官跟在后面。

修百长说道:“老爷走过之后，我们再没见有人进去。老爷后面那个瘦子，想必就是郝某人?”

“不是。不过将戴民折磨致死也有他一份，立即拿下!郝某并未出现。你的马匹在哪里?我们必须尽快去渔王客栈!”

修百长冲刘副官喝令一声，随即奔向树林，狄公紧紧跟在后面。修百长回头叫道:“我们需要多少人?”

“四个就行!”狄公喘息答道。

二人顺着林中小路转了两转，只见六名骑兵看守着几十匹骏马，于是分头登鞍上去。狄公驱马朝前，修百长喝令四名骑兵跟来。

在开阔地中，众官兵正将郎六的手下排成一列，用铁链系在一起。刘副官亲手用细绳将账房捆起，举止冷静如常。狄公从刘副官身边经过时，大声叫道："别忘了那头毛驴！它正等在这排房子的尽头处！"

六人策马疾驰，朝着码头方向飞奔而去。

十四

昏暗的大厅内，魏诚正站在柜台后方，与两名客人一道饮茶，眼见狄公与众兵士走入，不禁面露疑色，举杯停在唇边不动。

狄公厉声问道："可有人来求见郎掌柜？"

魏诚连连摇头，目瞪口呆。

狄公冲进走廊，直奔郎六客房而去。前厅的门扇并未锁起，不过有人进入郎六的书房后，却从里面上了锁。修百长手持剑柄猛敲几下房门，见无有回音，便用披着铁甲的肩头用力一顶，门扇应声敞开。修百长猛地收住脚，狄公闪避不及，以致二人撞在一处。只见房内空无一人，却是满目狼藉。书案被掀翻在地，抽斗皆被拉出，散落了一地纸张。有几处护壁板被撬得松动，窗前扔着一堆衣物，已被撕成条缕。狄公忽然一把抓住修百长的手臂，指指书房的远角处。修百长顺势望去，不禁叫骂出声。

只见郎六浑身赤裸倒挂在屋梁下，大脚趾处紧紧系着细绳，双臂被捆缚在身后，头上裹着一块血迹斑斑的布片，免得遍地殷红。

狄公奔上前去，弯腰解开布片，鲜血立时流淌而下。狄公摸一摸郎六的胸口，发觉人虽已断气，却还尚有余温，不禁面上失色，转头对修百长说道："此刻为时已晚。你命人将他解下，再抬回殓房去。"说罢踉跄走向书案，扶起座椅，自行坐下。

郎六虽说残忍无情，又犯下种种罪状，足可依律问斩，但也不该被如此折磨致死。狄公自忖对此暴行亦负有责任，正在郁郁沉思时，只听修百长压低声音说道："老爷，小校已派了两名手下去搜查后园，并盘问用人。"

通向后园的门扇赫然敞开。狄公朝那边一指，疲惫说道："据我想来，没人看到过潜入房内的凶手。他们从后门溜进来，再经过那扇门走入此间，之所以约定酉正时刻会面，只因那时厨子们正忙着预备晚饭。会面只不过是个幌子，意在支开郎六身边的手下，然后便可单独盘问他一人了。修百长，本县犯了一个大错，着实错得离谱。"

狄公缓捋长髯，心想奸佞朝臣们一向心机深重，遇事转弯抹角，最擅长设下重重诡计，与眼前的情形果然相符。他们定是在郎六身边安插有一名奸细，因此得知戴民并未交出项链，于是也未派郝某前去取货，后来一想，又认为戴民回客栈收拾东西时，定已将项链交给了郎六，郎六许给他更多的赏银，将他放走，过后又命手下杀人灭口，于是省了这一笔花销。那主谋认定郎六将项链藏在书房内某个地方，故此安排下货仓中的会面，实则为了在客栈里出其不意捉住郎六拷问。

“修百长，你方才说什么?”

“我问老爷是否认为那伙歹人已找到了想要的东西。”

“他们并没找到，东西根本不在此处。”

狄公对此甚有把握，一则是以郎六的谋略，不可能策划出如此奸计，二则是如果他赚去了项链，戴民必会让那些打手带自己去见郎六——即使不能侥幸讨回一条命来，至少也可拖延一些时间。

两名兵士将郎六的尸体从梁上解下，放在一张担架上，拿一幅白布蒙起，随即抬出门去。狄公从旁默默看视，只觉心中一阵作恶，这桩疑案不但手段凶残，且勘查时处处受挫，令人好生气闷。

“对了，老爷，差点忘记一事！就在小校召集人马前去郎家货仓时，有两名手下从十里村翻山回来，禀报说没见魏太太的人影，并已查明她从未去过十里村。”

狄公听罢未置一词，如此说来，自己的设想再度落空，虽已竭尽全力，奈何总是走入死胡同里，便无精打采地问道：“我从百长处脱身逃走，不知宫里来的差人有何议论?”

“回老爷，他们倒没说什么。小校带他们下到大牢中，有一间牢房假装成老爷在里面待过的模样，刘副官做的手脚实在漂亮。那二人尖酸刻薄，令我好生不快。如今郎六被杀，倒是给了我一个名正言顺的借口，可以派六人留在厅堂内，严守大门，不许外人进入。”

狄公起身说道:“好个主意。我得好好睡上一晚。”说罢二人出门，一路折回。

大厅内满是住客，正在议论纷纷，狄公不曾想到渔王客栈里竟有这许多客人。一名兵士站在门前，另有一个正在墙角处盘问几名惊魂未定的用人。众客一见修百长，立时七嘴八舌地发问起来。魏诚站在柜台处，旁边还有采薇和一名伙计。

修百长招呼魏诚过来，说道:“有人偷偷闯入郎六的客房，害了他的性命，又在房内乱翻一气。”

“老天爷！他们可否弄坏了小民的家什?”

“你不妨自己去看看!”

魏诚一听这话，急忙朝走廊奔去，伙计跟在后面。修百长又对众客说道:“诸位最好回到各自的客房中去!不必担心，我已派了六人在此整夜把守。”

狄公经过柜台时，对修百长说道:“我要细看一下登记簿，就在此时。许多应做之事似乎都还未做！明日一早，你我再会。”

“大夫看去和那个年纪轻轻的百长很是交好哩！”采薇议论道。

“关于郎六死于何时，他想要听我有何说法。可否将贵店的登记簿给我？”

采薇拉开上层抽斗，取出厚厚一本簿册递过，两肘据案，从旁打量。狄公仔细翻阅着簿册，从人名看不出什么蛛丝马迹来，除了郎六及其一干手下，所有客人似乎都是正经商贾，并且入住此店都比自己更早。要查明他们的来历，须得交给修百长去办。

“整整一下午我都没见你，”采薇说罢，好奇地瞥了一眼狄公憔悴的脸面，“看去竟似瘦损了些。”

“我觉得很是疲惫，今晚要早早上床歇息。再会了！”

狄公回到楼上的客房中，推开两扇窗户，坐在桌旁，将茶篮挪到面前，缓缓呷了几口茶水，极力整顿全神，意欲理清思路。郎六被杀着实令人惊骇，必须先冷静下来，再回想一番发生的种种情形，将所有事件看作是双方斗智斗勇，试图将桩桩件件都放在合乎情理的地方。但是仍有许多不明之处。倘若三公主不曾下令让自己匿名行事、唯有找回项链方可亮出身份的话，自己至少可以设法更进一步，前去碧水宫正式查案，先捉住那两个跟踪自己的灰衣人。他们之所以如此行事，并非因为自己曾冒他人之名进过碧水宫，而是因为受了幕后主使的委派，竭力要阻止自己寻到项链。

既然不能主动进击，不知还能如何应对。时间十分紧迫，只剩下今晚与明早，到了明日午时，三公主便要离开碧水宫返回京城。

狄公起身离座，反剪两手，在地上来回踱步。三公主妩媚的容貌重又浮现在眼前。她虽是当今圣上的爱女，身边围绕着上百名宫人与侍女，还有主事太监和孔武有力的守卫负责保护……然而又十分孤单，只有一个宫女主管可以信赖。圣上对她有求必应，甚至授予她钦差大臣的空白委任状，更是开了不曾有过的先例。一个年轻女子握有如此权柄，处境却极为寂寞凄凉！狄公不禁想起她那双满含愁绪的明眸。

三公主曾经说过，盗去项链是为了离间她与圣上的父女之情。但这恐怕并非真正的理由。圣上英明睿智、处事公允，丢失一条项链，顶多不过苛责几句，然而三公主最后却说已将终身幸福全都托付给自己了！

只怪自己一时疏忽，竟犯下几次大错。狄公想到此处，不禁十分懊悔。原以为戴民预备找魏太太会合，不料竟是误断。他去碧水宫盗窃项链时，心中究竟有何打算？

狄公忽然止步，憔悴的面上缓缓浮起笑容，手捋长髯，心想在一切尚未水落石出之前，仍有可能付诸行动。

狄公迅速打开鞍袋，翻检里面的衣物，找出一件黑丝袍和一条黑绦，只觉正中下怀，满意地点一点头，于是脱去褐色骑服，上床躺下。先得歇息几个时辰，虽则十分疲倦，心中却仍然充塞着种种念头，翻来覆去许久之后，方才堕入梦乡。

十五

狄公一觉醒来，见外面寂静无声，心想应是将近午夜。天上略有阴云，凉风阵阵吹过，不过看似倒不至落雨。狄公迅速朝外打量一下，后院里冷冷清清、不见一人，修百长的手下兵士想必在大厅内，或是守在客栈正门口。

狄公脱去全身衣物，换上一条薄薄的黑棉布阔腿裤，外罩一件黑袍，正欲把三公主赐予的圣旨塞入衣领内，转念一想，终是留在了原处。今夜倘若失手，自己恐怕绝难生还，圣旨必会被人从尸体上搜出，也是再无用处。成败在此一举，在黑暗中摸索许久、苦斗几遭，终于要亮出拳脚，决然一搏了！

狄公口中轻哼着小曲，取了一根皮带系于腰间，又将长长的黑绦交叉后缚住上身，拿起长剑插在背后，剑柄露在右肩后方，看看手臂上的刀伤，似已无碍，便用一条黑油膏布贴住，最后拿起一顶黑便帽戴在头上。

门外的廊道十分寂静。狄公朝楼梯口走去，只听木头地板“嘎吱”一声响，立时止住脚步，警惕地侧耳倾听片刻，楼下大厅中未有动静传出。

狄公贴着墙面走下楼去，大厅内虽空无一人，却可听到众兵士在外面门廊上的说话声。狄公想起昨晚魏诚曾从账房的小门出去召唤马夫，于是自行走到槅扇后面，推开那扇小门，外面正是熟悉的后院，于是出了仓房旁边的后门，沿着小巷朝大街走去。此处店铺云集，白日里十分热闹，如今却寂无声息，所有窗上的遮板都已关闭。一旦乌云蔽月，码头上定会伸手不见五指，真该带一盏风灯才是。

忽听一条后街中传来沙哑的说话声。狄公正想找个门廊闪避，巡夜的兵士已转过街角，并追到近前来。队正提起风灯一照，“啊呀，原来是梁大夫！这么晚还要出门走动！用不用我们出力效劳？”

“鱼市附近有人难产，正为此事前来。”

“那我们可就帮不上忙了！”队正说罢，旁边的手下哈哈大笑。

“却也未必，将你的风灯借我一用。”

“好说好说！”

二人交接过后，众巡兵大步离去。

狄公心想这风灯过后自会大有用处，便暂且吹熄，走近码头时，莫名觉得有人正盯着自己，心中不免有些惴惴，转头回望数次，却见家家门窗紧闭，并无一人一物在房舍之间的阴影里走动。

码头的最东端笼罩在一片灰雾之中。凭借泊船上油灯的光亮，狄公一路走到水边，定睛看去，一大排船只在黑暗中几乎毫无分别，真不知哪一条才是采薇的小舟。

“左边第五只便是。”有人在背后轻声说道。

狄公转过身去，看见一个苗条的黑影，不禁皱眉说道：“竟然是你！为何要一路跟着我？”

“都怪你害得我睡不着觉！我住的阁楼，正好在你的客房上方。我也打算早早上床歇息，先是听见你来回走动，后来又在床上翻来覆去！我根本没能睡着，听见你在走廊里弄出响动来，便心想最好跟着瞧瞧，不知你到底要做甚，果然来得有理。我很中意这条船，实在不想看它沉到河里去。”

“采薇，你且听好，不可再如此胡闹！你这就回去，我行事自有分寸。”

“要划船你就不行了！你打算去哪里？”

“要是你非想知道的话，我就跟你说个明白，倒也不是远处，顺流而上，去找第四道水湾。”

采薇嗤笑一声，“黑灯瞎火的你能找到？听我一句，即使在光天化日里，怕是你也看不见究竟在何处！出口处不但狭窄，还有水草阻塞。我正好知道那里，因为附近有很好的螃蟹。过来上船吧！”

狄公犹豫片刻，心知采薇说得有理，自己想要找到水湾，非得花上一二个时辰不可，若是让她留在原处，倒也不会有什么危险，还替自己省却了许多麻烦，于是开口说道：“我想去那一带的树林里看看，恐怕你得等上好几个时辰。”

“我可以睡在船里，就跟躺在家里一样舒服。水湾四周全是高大的松树林，我就将船泊在树下。船里还有一张帆布，下雨时能用来遮挡一二，不过这天色看起来下不了几滴。”

狄公坐进船尾，感激说道：“采薇，你真是一个好帮手！”

采薇撑着小船离开河岸：“你不但令我中意，还让我觉得可靠。这么深更半夜出来闲逛，天知道你想要做甚！船头灯不必点起。”

船至河中时，只见行云遮月，四周一片黑暗。狄公心想如果没有采薇，自己定已完全迷失了方向。采薇轻快地摇着长桨，手法十分熟练，小船行走时几无声息。忽然一阵冷风吹来，狄公连忙裹紧身上的衣袍。

“到地方了!”采薇口中说着，驾船拐入一个狭窄的水湾，低垂的树枝从狄公肩头拂过，前方隐约可见一大片黑漆漆的树林。采薇收起长桨，狄公很快发觉船身已触及岩石。

“我把船横靠在岸边，如今你可以点起风灯，河里的人不会看见。”

狄公从袖中摸出火镰，点亮借来的风灯，这才看清采薇身穿一件黑外褂，下面一条黑裤，头裹黑巾，一双大眼灵光闪烁。只听她开口说道:“你瞧，我很晓得夜行时该如何穿戴！此处十分隐蔽，除了天上的月亮，只有你我二人，你就不想悄悄告诉我到底为何前来?”

“我打算穿过树林，沿着以往的旧路去找一样东西，至少也得花一个多时辰。若是直到寅初我还不曾返回，你就独自驾船回去。须得事先言明一句，恐怕你要等上很久。”

“下一句就该说你想去采草药了！且罢，你不必提防我，还是提防那些长蛇，最好提灯照着路，免得不留神踩上一条，它们可不喜欢被人踩到。”

狄公将长袍下摆掖入腰间，蹚水走上岸去，左手提灯，右手持剑，在浓密的灌木丛中探路，寻找空隙之处。

“好个绿林大盗！一路顺风!”采薇在身后叫道。

狄公无奈地笑笑，拨开长枝与带刺的灌木，朝东北方向而去，没过多久便走到一条小径上，右边消失在一片杂草之中，左边却甚为分明。狄公拣了一根粗粗的枯枝横在路中央，免得返回时错过此处——若是自己尚可生还的话。

小径蜿蜒伸向前方，狄公走了一阵，发觉夜中并非全是寂静，两旁的灌木丛中不时发出响动，或是尖叫，或是低吼，不但有夜鸟在枝上婉转啼鸣，间或还能听见鸱枭沉郁的呜呜声。为了避开自己脚前的灯火，夜游的小动物匆匆跑开，不过未见有长蛇出没。“说这话，多半只为戏弄我吧!”狄公喃喃自语，不禁微微一笑，采薇确是个有胆有识的女子。就在此时，忽见一条花斑蛇从路上滑过，足有五尺来长。狄公遽然止步，迅速朝后退去，想到那姑娘不但勇气过人，而且诚实可靠，心中颇觉悻悻。

松林幽深可怖，狄公走在其中，很快便不知今夕何夕。约摸过了两刻钟，小径稍稍变宽，前方的林间有亮光闪动，随即便看见护城河水，河对面是高大的西北望楼，左角高高耸立在河面上。低垂的天幕下，水流漆黑阴暗，寂静无声。

小路朝右一拐，沿着碧水宫西边的护城河向南延伸下去。狄公伏身匍匐而行，穿过灌木丛，摸到护城河岸边，发觉河面比早上看起来要宽阔许多，不禁心中惴惴。当时以为有一丈五尺左右，实则将近三四丈。墨黑的河水就在身下几尺处，看去十分阴森可畏，并且未见有闸门的痕迹。不过在此之前，尖头账房一口气背出的郝某人的说法，全都准确无误。

狄公从灌木丛中拣了一根细细的干树枝，伸入河中左右试探。在水下三尺深的地方，果然有一道宽阔的横梁。这时忽然从望楼的雉垛中传来号令声，紧接着又有铁靴踩在石板地上的哐哐声，在寂静的暗夜里，听去格外惊心动魄。狄公连忙伏在树下，守卫们撤出望楼，可见已是午夜时分。

狄公又探到河边，睁大两眼细瞧，莫非墙边真有一道暗礁不成？只能看见水面附近有细细一线沾满泥污的水草。狄公长叹一声，决意亲自去探探虚实。

狄公一路匍匐返回小径，解下身上的黑绦，挥剑削成两段，先将黑帽纳入袖中，拿一段黑绦紧紧缠在头上，然后脱下黑袍，仔细叠起，用另一段黑绦包起长剑，连同风灯一起压在衣袍上方，免得被风吹走，又将阔腿裤裹紧在小腿处，裤脚掖进靴内，扎紧腿上的带子，最后将长髯分作两绺，甩到颈后打成一个结，末梢塞入头巾下面。

再度返回护城河边时，狄公忧心忡忡地抬头打量雉垛。郝某人说过等戴民潜到宫墙边，弓箭手“自会去别处忙活”，显然主谋会设法引开守卫的注意，如今自己却只能碰运气了。狄公缓缓步入水中，腿脚倒还无妨，胸腹却觉得冰凉彻骨。戴民定是沿着水闸的横梁一路潜水游去，自己却没有那般好身手，狄公想到此处，不禁苦笑一下。

狄公将眼鼻露出在水面上，沿着光滑的横梁摸索前行，两手触到一个黏滑之物，形状不定，柔弱的条形触角不停蠕动。旧闸门上的木头业已朽烂，因此不得不留神那些意想不到的缺口处。走到半路时，狄公忽然手下滑脱，汩汩的水流没过头顶，连忙努力重又站稳，深深吸一口气，继续缓缓前行。

走到另一端时，狄公终于长出一口气，蹲伏在水中，伸手摸索墙根处一道沾满泥浆的长长物事。那神秘的郝某人即便真是恶棍一条，所言却丝毫不虚，令人不禁心中暗服。此处果然有一道暗礁——上面蒙着一层淤泥，发出恶臭之气，且又水草蔓生，不过尚可立足。狄公担忧地张望着头顶两丈高处的雉垛，缓缓从水中立起，踩上礁石，后背紧贴宫墙，张开两手抓住倾斜的墙面，一步一挪走过拐角处，眼前赫然出现宽阔的河流，墨色的水面上波光粼粼。

狄公顺着北墙小心前行，脚上的靴子已经湿透，每走一步都小心翼翼，盯着面前漆黑平缓的水流，很快便觉得头晕目眩，仿佛自己与整个宫殿正在河中航行一般，于是决然闭起两眼，稳步朝前。此行颇多艰险，但是对戴民那般轻灵敏捷的年轻后生而言，定会容易许多，自己身量过高、体重过沉，显然更为不利。每走一步，皮靴便会深深陷入烂泥之中，还得留神礁石上有没有断裂的沟壑。到了淤泥较浅处，狄公转身面对宫墙，方才重又睁开两眼，如此行走更加稳妥，因为可以看清老旧墙面上的砖石缺损之处，以便手下把稳。

行至第一座水门附近，狄公伸出左手，抓住突出的石梁，终于稍稍放心，又探手进去握住一根铁栅，大约在墙内一尺处，将全身悬在拱券下方，抓紧上方的横木，乏力的两腿合抱住稍低的一根，两脚伸进栅栏内，将靴筒里的积水倾倒出来。如此挪移虽不甚舒适，却十分安全，人躲在拱券底下，断不会被上方雉垛里的守卫看见。想起早上共数出八道水门，狄公不禁有些担忧。戴民已经走过一次，如今自己又一路跟来。唯一的区别在于戴民是为了窃取项链，而自己却是为了能见公主一面。要想跟三公主商议此事，同时又不违背她所说的行事绝密的指令，此乃唯一可行之法。重走这条路线，不定还会发现戴民藏匿项链的线索。

狄公稍事歇息后，挪到拱券左方，重又踏上礁石，将右颊贴在粗粝的墙面上。靴子踩在淤泥中，发出泼刺泼刺的声音。

如此这般螃蟹似的横行了半日，狄公竟也渐渐惯熟，并留意到上方的雉垛全都突出墙面一尺左右，因此自己不必担心中箭，除非有兵士努力伸出头来朝下观望，否则绝难看到有人正贴着宫墙潜行。走到下一个突出的拱券处，狄公颇觉欣喜，伸出左手抓住砖缝。此处的水门比前一个要低矮许多，壁龛上钉有铁栅。狄公弯腰朝内打量时，忽然倒吸一口凉气，全身一晃，险些跌入水中。只见一只白皙的纤手从里面伸出，紧紧握住最低处一根横栏。

十六

狄公拼命稳住自己，再一打量，只见细瘦的手腕上套着一只白玉镯，雕成盘龙纹样，立时恍悟这并非是水门，而是一间地牢的拱形窗户。粗重的铁栅前方有一道平台，用灰石砌成，大约三尺来宽，高出水面一寸左右。狄公身子一荡，落脚在平台上，蹲身下去，听见里面暗处发出一声低低的惊叫，那只纤手旋即消失不见。

“夫人，在下是梁大夫。”

此时又见双手伸出，紧紧握住最低处的横栏，下面依稀可见一张苍白的鹅蛋脸。这扇铁窗显然与地牢的房顶距离颇近，牢房十分低矮。

“你如何……为何会到这里来？”八仙夫人语声细弱，迟疑说道。

“在下想求见三公主殿下。为了办成她指派的差使，须得知道更多详情。夫人又怎么会在如此可怖的地牢里？”

“只因出了几桩祸事，狄县令。自从昨晚起，我至今水米未曾沾牙。还请给我拿些水来！”

狄公解下缠在头上的黑绦，叠成几折，舀了满满一兜水，从铁栅的空隙间递入，说道："夫人可将脸面浸湿，不过只能喝几小口。"

过了半晌，只听八仙夫人说道："老身这次哮喘发作，其实并不厉害。狄县令走后，我心想不如吃上些你开的药，不料一名宫女偷偷投毒进去，我刚一服下，立时觉得头晕目眩，一头栽倒在地，浑身抽搐。公主殿下大惊失色，立即召来御医。他们说我已病势垂危，随后我昏厥过去，及到醒来时，发觉自己身在这阴湿的地牢内，就躺在墙角的地上。没一个人前来探望。"

八仙夫人略停片刻，接着疲惫说道："我也深知他们下一步会如何行事。明日一早，自会有人进来，那时我已又饥又渴、奄奄一息，他们先给我送些掺了毒药的吃食和水，再将我的尸首抬去给公主过目，道是御医虽已尽力，奈何回天乏术。到了午时，朝廷派来的侍从便会到达，护送公主前去京城。如此一来，根本没有时间彻查我的死因。可否再拿些水来？"说罢将湿布从铁栅内递出。

"到底是谁恁般歹毒，竟设下如此奸计？"狄公说话时，又捧进一兜水去，"下官有不少疑问想请教公主，这正是其中一桩。"

"狄县令最好还是不要去见公主。如今她心烦意乱，必不会相信你，还以为是你故意开了些假药。你问谁是我们的对头？公主与老身又怎会知道？每天从早到晚，我们身边都有几十人逡巡出入，个个礼数周全，极力奉迎讨好、满脸堆笑，谁知道哪个是收了钱的奸细，或是参与到什么阴谋中去？老身一向与公主关系最为密切，只能说既然他们敢对我下毒手，想必雷公公与文总管这二位高官至少会听到些风声，但是事情传到他们耳中时，谁知已被歪曲到了何种地步？有多少人已收受了贿银，预备撒下弥天大谎，又有多少忠心耿耿的手下已被构陷获罪、投入地牢，谁又能悉数知晓？碧水宫内，唯有一人谁都不敢冒犯，那便是三公主。”

狄公点头说道：“下官进宫为夫人看病时，雷公公与文总管皆是敌意深重，文总管还千方百计想要捉拿我。究竟是谁告知三公主我来到河川镇，并连所用的假名也一起报上？”

“是葫芦先生。五年以前，碧水宫还不曾指给三公主作消夏别墅时，葫芦先生时常进京入宫，奉圣上之命，给太子讲授经学。三公主常常从旁聆听，对葫芦先生十分景仰。后来葫芦先生辞官归隐，在这河川镇住下，公主时常召他前来，甚爱与他倾谈，一向信任有加。由于葫芦先生在宫廷中广受敬重，且又年事已高，故此雷公公不敢加以拦阻。葫芦先生定是得知公主遇到了麻烦，就在昨天，射了一支无头箭到公主住处的阳台上，就在东边角落处。他的箭法着实高超。”

“我曾见过此老。他使起刀剑来也是一位好手。”

“这个自然。他曾经教授皇子们练剑，别看他跛了两条腿，仍是身手不凡。他可以坐在一张板凳上，两手各持一把剑，三个训练有素的剑客也不得近身哩！昨天他在箭上附了一封书信，告诉公主狄县令来到此地，用何假名，以及下榻何处，并提议公主见你一面。公主立即将我叫去，说是想要派你寻回项链。于是我就命小女接你入宫，她是我唯一可以信任之人。”

“明白了。下官已查明了窃贼的身份——却是个年轻后生，被一伙歹人雇来行事，而歹人们又是受雇于碧水宫中的主谋。那后生并未交出项链，想要私自逃走，结果被歹人害了性命，至死也未曾透露将项链藏在何处。至今我还没能找到此物。”

一阵冷风掠过水面，狄公只觉汗湿裸露的上身一凉，不禁打起寒战来：“夫人那里有没有什么东西给我挡挡风？”

半晌过后，从铁栅的空隙处露出一角妇人的锦袍。只听八仙夫人低声说道。“这些心狠手辣之徒，甚至不给我一条用来铺盖的毯子。”

狄公从铁栅间抽出锦袍，裹住上身，盘腿坐在窗台上，接着又道：“从公主的话中，下官听出偷窃项链是为了离间圣上与公主的父女之情。圣上他……我是说……如今情势紧迫，姑且许我省去这些繁文缛节。就在今晚，夫人的那些对头以为可能会找到项链，于是又下毒手杀了一人。为何他们如此急不可耐？原本不是想要那项链消失不见么？并且我实难相信，丢失一件珠宝，就会使得父女之情从此断绝。不过，夫人自然要比我知之更详。”

狄公略停片刻，见八仙夫人默然不应，便又说道：“公主坚称这起窃案是外贼所为，反而令我觉得她生怕对手已打定主意，要使项链在某个与公主亲近之人的住处被翻出来，以此诬告那人盗去皇家珠宝，从此前程尽毁。既然公主不愿说出那人的详情，我也不好请求夫人告知其身份。不过，若是能透露哪怕一点点消息给我，也会助益良多，或是……”说罢语声渐低。

地牢内久久不闻声息。狄公紧裹着厚实的锦袍，衣料中散出一股幽香，与阴湿地牢中飘来的恶臭之气形成奇特的对比。

八仙夫人终于开口说道：“狄县令有所不知，公主如今心神大乱，几乎难以自持。她不能对你再多说一句，不过我却可以，并且愿意道出。圣上曾经明言，无论公主选谁作驸马，他都会赞成。朝中有几个互相争斗的朋党立即开始动作，竭力想让公主看中他们提出的人选，他若是成为圣上爱女的夫婿，不但可以在朝中拥有权势，而且能使同党获利甚多。当公主对御林军统领康把总青眼有加时，狄县令可以想见，那些人是何等恼怒，又何等失望——康把总从不参与任何密谋，也从未加入过哪一党。正是因此，那些彼此敌对的朋党竟联手起来，决意要使公主不再钟情于他。”

“要说此事，倒是有个简便易行的法子！只要公主向圣上表明已属意于康把总，就无人再敢……”

“非是那般简单，狄县令！公主也是心意不定，不知自己是否对康把总动了真心，也不知康把总是否同样怀有真情。为何说盗去项链是个极其奸诈的阴谋，原因正在于此。康把总前去秘密私会公主，结果公主在康把总走后发现项链失踪不见，这恰是暗示她——手法自然非常迂回微妙——康把总不但拿走了项链，而且在别处另有情人，正预备双双远走高飞。人人皆知康把总并无家产，如今身居要职，为了保持体面，不得已欠下许多债务。那些恶人为何处心积虑要得到项链，这便是头一个原因。此物将来必会在康把总的住处被翻出来。”

狄公缓缓点头，想起公主曾说过摘下项链是因为害怕掉进河里去，当时听见此话，便觉得有些牵强，她还曾再三表明当时独自一人在亭阁内。

“据我想来，公主对康把总用情颇深，因为她一力要让我相信盗贼是个外人。”

“你实难想象，这些左右摇摆的念头是如何苦苦折磨着她。有时她以为自己深爱康把总，有时却又以为不是。”

“对于一个动了情的年轻女子来说，如此情形岂不是司空见惯?”

只听八仙夫人叹息一声:“狄县令既是唯一可能力挽狂澜之人，老身就不妨告诉你第二个原因，即那些恶人为何急于在项链上作文章，以此挑拨公主和康把总的关系。这是一桩极可怕的宫闱秘事，若是平常时候，我宁可丢掉性命，也不愿透露一丝一毫!”说罢默然许久，方才又道:“圣上从不设法帮三公主择婿，狄县令可否想过此事有些古怪？皇室向来有一条规矩，公主一旦年满十八，很快便要挑选一位驸马爷，而三公主如今已经二十六岁了！圣上慨然允诺过公主可以自行择婿，此话也可看作是想要尽力拖延她的婚事，为了……为了将她留在自己身边。”

狄公扬起两道浓眉:“为何非得……”刚说了半句，忽然明白过来，不由得浑身直冒冷汗。老天！这真是可怕至极……

“那她……公主自己可否明白……?”

“她亦有些疑心，如此一来便愈发糟糕。她倒是不像我等所料想的那样惊恐不安。你可以想见会有何等结果，若是此种情形……合乎情理地一路继续下去。”

狄公攥紧双拳，如今才算看透了这桩窃案是何等奸邪可怖。一个二十六岁的成熟女子，从小在禁苑深宫内娇生惯养，且对自己的心意困惑不明……如今怀着对康把总的一腔失意回到京城去……若是她在心烦意乱之际……若是一切既成事实……那么某个知晓这一隐秘之人就可以……只要他见机行事，不出纰漏，就可以此来胁迫圣上、为所欲为了!

狄公决然摇一摇头，急切说道:“不不，夫人，我万万不能相信此事！我能相信如此毒计或是由奸佞朝臣设下——尤其是宫中太监，那些阉人性情扭曲，是宫中必不可少却又极其危险的邪恶渊薮！我也能相信公主怀有种种模糊不明的念头，心意摇摆不定。不过，说到当今圣上，先考曾就任过朝廷尚书左丞，并有幸得蒙圣上信任，他一向称赞圣上心地仁厚、品格非凡，即使抛开天下至尊的地位，亦是卓尔不群，遇事果断明决，堪为一朝天子。”说到此处，口气稍稍和缓，“多谢夫人这一番相告，如今我已完全明白了密谋者到底有何企图，以及为何会肆无忌惮地杀人害命。不过，无论他们正如何暗中行事，一旦证实康把总并未偷去项链，便会一败涂地。我深信公主一旦对康把总重拾信任，定会请求圣上同意这桩婚事。”

狄公解下锦袍，从铁栅的空隙中送回：“夫人不要心灰意冷！下官自会在今夜尽力寻到项链。明日一早，若是有人前来地牢，夫人千万设法拖延时间，令他们不能得逞，不妨说你有要紧事必须道出，或是其他什么更好的法子。无论今夜成功与否，明日一早，我定会前来碧水宫，尽力救你出去。”

八仙夫人轻声说道：“老身并不为自己担心，狄县令。但愿老天保佑你！”

狄公直起身子，掉头返回。

十七

狄公回到护城河角落处的树下，立即脱去湿漉漉的靴子和长裤，解下裹在长剑上的黑绦，大力揩擦过全身后，又将其系在腰间权作缠腰布，套上黑袍，戴起黑帽，看着湿透的长裤，一时竟不知该如何处置，终于抛入一个兔洞内，从地上提起长剑与风灯。

换过装束后，狄公只觉身心俱泰，忽又发觉头脑一片空空，皆因有过一番惊心动魄的经历之后，一旦松弛下来，必会有如此感受。狄公顺着林中小路前行，意欲细细思量方才得知的消息，却是有心无力，想起葫芦先生曾说过为空为虚的重要，便打消了集中精力的念头，只假想自己就是戴民，怀揣着一条预备藏起的项链，正走在回程的路上。一路行走时，狄公发觉脑中虽然一片麻木，眼耳口鼻却异常敏锐，可以嗅出林中的各种气味，听到枝叶间传来的各种声响，在风灯投下的光晕里，能瞧见树干上的每一个空洞，岩石上的每一处凹痕。狄公草草看过那些可能会引起戴民注意的地方，却未能发现项链的踪影。

过了大约半个时辰，狄公只觉小腿碰在一根枯枝上，正是自己事先留在路中央的标记，不禁暗自庆幸，林中的大小树木看去着实毫无分别。狄公拨开枝叶，穿过灌木丛，顺原路返回水湾旁。

在密林中行走多时，狄公并不知晓天上已云破月出，此时才看见波平如镜，清辉遍洒。狄公站在岸边的岩石上，只见一棵古松枝叶低垂，小船正泊在树下，船内却没有采薇的人影，不禁吃了一惊。

忽听身后传来哗哗的水声，采薇叫道："你这么早就回来了！还不到一个时辰哩！"

狄公转身看去，只见采薇站在齐膝深的水中，浑身一丝不挂，丰满圆润的胴体上水光闪烁，望之令人销魂蚀骨、血脉偾张，似是勾得心中蠢蠢欲动。采薇蹲坐下去，双臂环抱住前胸："你看去好生狼狈！也该下来洗洗才是！"

"让你等了这半日，实在过意不去，"狄公低声说罢，背对采薇坐在岸边，"最好穿上衣服，如今已是四更天了。"随即脱下两只靴子，从石缝中抓起一把长草，又浸入水中。

"我并不介意在此等候。"采薇说罢，走近几步。狄公从眼角处瞥见她直直立在岸边，绞扭着一头乌黑的长发。

夜行归来岸边刷靴

"快点!"狄公口中说着，开始用力刷洗泥泞的皮靴，手劲大得出奇。

狄公刷洗了大半日，重又套上皮靴，站起身来。采薇已穿好衣裤，正将小船从树下推出。狄公坐进船内，采薇手持长桨，划着小船朝水湾的出口而去，肃然望了一眼银白色的松林，低声说道："真是对不住大夫，我方才行事活像个傻丫头一般。不过我确实很中意你，还曾暗自希望你会带我一同去京城哩。"

狄公背靠船头，头脑空空的感觉已然消去，如今只觉得疲乏，直是筋疲力尽，半晌后开口说道："采薇，你之所以中意我，是因为我勾起了你的回忆，想起以前与令尊在一起的快活日子。我也很中意你，正是因此，我想看见你过得舒心快意，与一个好心肠的年轻后生结为佳偶。不过，我会一直记得你，当然不只是因为你曾一力帮助过我。"

采薇嫣然一笑："你可找到了想找的东西?"

"也有也没有。但愿明天能对你细细道来。"

狄公抱臂沉思，回想着与八仙夫人的一番言语，唯有在细细琢磨过这些惊人的消息之后，才能试图考虑如何找回项链。戴民定是将此物藏在渔王客栈或是附近的什么地方，否则不会冒着撞见郎六手下的风险回到店里去。他深知郎六一伙迟早会离开河川镇而南下，到了那时，再伺机从十里村回来取项链。

码头上仍是静寂无人，此时明月当空，在鹅卵石上投下古怪的暗影。狄公对采薇说道：“我走在前头，一旦遇有麻烦，你就躲进旁边的门廊或小巷中去。”

二人一路行至渔王客栈背后的小巷，竟未遇见一人。狄公从灶房门口溜入时，忽觉饥肠辘辘，开口问道：“你可吃过晚饭?”见采薇点头，便从灶房的碗柜里取出一桶冷饭和一碟酸梅，低声又道：“记在我的账上!”采薇压低嗓子咯咯一笑。二人穿过大厅时，听见外边门廊上传来铁器的锵锵声，可知兵士们仍在彻夜把守，于是蹑手蹑脚一路上楼，在狄公的客房门前分手道别。

狄公点亮蜡烛，换上一件干净睡袍，发觉壶里的茶水依然温热，心中甚喜，坐在桌旁的扶手椅中，先换过手臂上贴的油膏布，然后用小桶上的木盖当作碟子，将冷饭与酸梅掺在一起，揉成一个个饭团，虽是兵营中的粗陋饭食，却吃得津津有味，又灌了几杯茶水下肚，方觉腹内充实，于是从条几上拿起葫芦，倚坐床头，背靠竖起的卧枕，不停抚弄着系在葫芦上的大红流苏，心中思前想后。

项链失窃一案，如今已是尽知底里。宫内的密谋者想要构陷康把总，不但使他做不成驸马，还要令三公主离宫回京时心烦意乱。八仙夫人说过雷公公与文总管有可能牵涉其中，不过还有另一位高官，那便是康把总。对于此人，实在知之甚少——只知道公主对他颇为倾心，修百长也对他十分赞赏，不过这二人难免有所偏爱。背后的主谋暗示康把总在别处金屋藏娇，此话乍一听去似是恶毒的谣言，不过也不可忘记那些构陷者皆是精于此道，依照常理，应是不会无中生有。他们更可能歪曲实情，或是改变说辞，只需改动几个字眼或避重就轻即可，因此不可排除康把总果真另有情人的可能。虽已确知他并未偷去项链，但也不能证明此人并未间接卷入其中。

在所有兵书战策中，都有反间计这一条。在出事的当晚，康把总确实曾与公主在一起。二人可能并肩立在亭阁的窗前，在穿过月洞门去隔壁房中时，公主将项链放在条几上，因此戴民只需从窗口探手进去，便可大功告成。若是康把总与戴民共谋，情形又将如何？

碧水宫内究竟哪一党想要除掉自己，也是难以说定。八仙夫人派去客栈里接应自己入宫的数人，皆是穿着雷公公手下的黑衣，然而那些在林中意欲对自己下毒手的一伙也是同样打扮，后来想要捉拿自己的二人却是身着文总管手下的灰袍。但是这些都无甚意义，因为他们可能受雇于宫中其他人，而并非是其上司，其中也包括康把总在内。

要想追踪神秘的郝某人，仍是难以措手。唯一指向密谋者的线索，便是窃案发生当夜在碧水宫内设下的调虎离山计。自己既然握有圣旨赋予的特权，如果能进宫正式勘案的话，定要设法查明此事。

狄公用两手捧着葫芦。这些念头丝毫无助于解开最要紧的难题，即戴民在盗走项链之后，直到朝东而行被郎六的手下捉住之前，究竟有何举动。理应从他的动机开始重头回想一遍。发现郎六被杀后，自己一度十分沮丧，以为对戴民动机的设想全盘皆错，只因魏太太根本未去十里村。如今再度思量，又确信自己的推断仍是大致不差。采薇说过戴民对魏太太一往情深，虽然她对魏太太的一番好评未必十分可信，不过她与戴民年纪相仿，所述想必属实。戴民定是得知魏太太已打算离开吝啬成性的丈夫，便索性道出自己也想离开此地，如果魏太太先去十里村，自己过后再去会合，可助她远走他乡安身，并暗自希望能趁机说服她与自己成家，因此急需一笔银钱。郎六应许的赏银，只不过区区二十两而已，戴民十分精明，可能料到郎六必会使诈，因此决意藏起项链。采薇说过戴民心思简单，多半不会想到窃去皇家珠宝的绝大利害，只是如许多平头百姓一般，以为皇帝富有四海，因此并不会在意丢了一样东西。

魏太太从未去过十里村，此事仍然令人费解。她答应与戴民在那里会合，却不过是一条缓兵之计，只想从此甩脱他，实则与另一个不知名姓者私奔而去。戴民或许认得此人，从碧水宫返回时，可能还彼此遇见。然而这两点都无根无据。无论戴民遇见过何人，他都不曾交出项链，否则郎六的手下动用酷刑时，他定会供出那人来。戴民一直咬牙不吐，正是因为自行藏起了项链，并抱着一线希望，以为能熬过酷刑，再度得到此物。

狄公捧起葫芦，仔细端详，想起葫芦先生曾说过空的重要。为了发现戴民将项链藏在何处，必须先令自身为空，然后再将自己想象成戴民，身为渔王客栈的账房，每日将会如何度过。

狄公闭起两眼，想象自己坐在楼下大厅内柜台后的高凳上，掌柜生性吝啬，因此所得的报酬也十分微薄，每天从早到晚坐在那里，唯一的消遣便是偶尔去河中钓鱼——当客栈生意清淡时，唯有这一个散心的法子。但是每日里瞧见惹人爱慕的魏太太，自不免心旌摇动。九云客栈的掌柜说过魏太太主持许多店务，因此她必是每日在大厅里不时来去，戴民必会抓住每个机会与她搭话，但也不能常常如此，因为魏掌柜定会紧紧盯住账房的一举一动，不让他撂下正事过久。戴民须得整理好各种票据与账簿，拨打算盘计数，再用朱笔记下总额……朱笔！

狄公睁开两眼。此事很值得注意。戴民曾用朱笔标记过通往十里村的路线，那地图定是在柜台的某个抽斗中，为了方便给客人查看，必须放在手边才是。一旦上楼进入自己住的阁楼，戴民便没有朱墨可用，也没有专为朱墨预备的砚台。那就是说他必须坐在柜台旁时，才能在地图上画出路线。老天！莫非这就是答案不成？狄公翻身坐起，将葫芦放在床上，若有所思地抓抓脖颈，决意亲自去看上一回。

狄公走到外面廊上，小心避开那一处会发出响动的地板。大厅内十分幽暗，唯有柜台上方点着一盏灯笼。伙计已将台面收拾过，只留下一方硕大的砚台、一块黑墨条和一只笔筒，筒里插着几支毛笔。柜台内有两只抽斗，正在账房坐的高凳的右手边。狄公拉开上面一只，只见里面搁着登记簿册，一瓶用来粘贴银根的褐胶，一只刻有“收讫”字样的木头印章和与之配用的朱红印泥，一叠空白纸张与信封。狄公又迅速打开另一只抽斗，算盘旁边果然有一方专为朱墨所备的砚台，还有一小块朱墨条。除此以外，另有一只用来润湿砚台的水盂、一支朱笔和一个扁平钱盒，盒内自是空空如也——魏诚每晚离去之前，必会记着将里面的银钱悉数取走，不过在白日里，盒内可能会装有不少现钱。狄公走到槅扇背后，见魏诚翻动过的大衣箱仍旧搁在地上，箱盖紧闭，于是上前打开，只见里面空无一物，既没有衣裙，也没有大红外褂。

狄公坐在掌柜书桌后方的圈椅中。魏诚将这桌椅布置得颇具匠心，坐在此处，既能透过槅扇看到整个大厅，还能时刻留意账房与其他出入之人。不错，关于地图上用朱墨标出的路线，如今已有了解答。

还剩下最后一个难题，即项链究竟藏在何处。狄公确信必在这渔王客栈里，戴民整日进出的这个狭小沉闷的空间内。狄公再次设想自己就是戴民，坐在柜台后的高凳上，在魏掌柜的监视下每日做事，拿出登记簿册，让新来的客人写下名姓，即将离去的客人前来结账时，便将与房租有关的各种账单收在一处，再加上其他花销，拨打算盘计出总额，又用朱笔在账单上写下数目——最后在此单上涂些褐胶，与当天的其他单据粘在一起，待客人清账后，将银钱收入第二个抽斗内的钱盒中，然后盖上“收讫”的印章，再……

狄公忽然直直坐起，紧握住座椅的左右扶手，迅速回想一遍所有情形，答案就在眼前！不禁朝后一靠，举手加额。身为勘案之人，居然犯下一个最大的错误，明明就摆在眼皮底下，自己却是有眼无珠！

十八

后院鸡笼中传来雄鸡报晓的鸣声，狄公睁眼醒来，缓缓起身下床，只觉肌肉僵硬，每动一下便酸疼不已，忍痛练了几套舒筋活血的拳法，方才重又穿起昨晚那件黑长袍，戴上黑便帽，将圣旨纳入袖中。

狄公一路下楼，只见十来名兵士正在大厅内来回走动，不禁吃了一惊。人高马大的刘副官斜倚在柜台旁，正与魏诚一道闲闲饮茶，一见狄公，立时上前行礼，微微笑道："小校已看过巡夜兵士今早的报告，得知大夫在深夜时被人叫去出诊。但愿生的是个男孩?"见狄公点头，接着又道："如此甚好，小校甚为那爹娘高兴。我还记得自己得了头生子时，真是喜不自胜哩。"说话间抬手挠挠鼻头，显然是从上司那里学来的动作，"修百长吩咐我说，梁大夫今天一大早便要去面会，命我在此等候接应。方才在广场上看见四人——这次却是几个黑衣汉子，而不是穿灰的。如今镇子里各色可疑人物走来走去，故此修百长心想最好派人前来护送，不可让大夫出什么意外。"

"多谢好意。我们这就出去，着实有要紧事得与修百长面议。"

狄公走到外头门廊上，果然见有四个黑衣人在九云客栈门前，正与那矮胖掌柜叙话，掌柜看去面色更为不善。眼见狄公出行，四人意欲穿街过来，又见刘副官带着手下跟随在后，便又立时退回。

兵营官署内，修百长正埋头吃着一大碗面，一见狄公与刘副官进来，投箸在案，意欲起身，狄公连忙说道："修百长只管坐在原处！其一，多谢你及时派人护送。其二，想请你在官署门前升起皇旗。"说罢从袖中取出一卷黄纸，铺展在书案上。

修百长匆匆浏览一遍，急忙立起，差点带翻了座椅，"这这，老爷……不不，钦差，小校我……"

"还请百长传令下去，让这位无所不能的刘副官替我找一只熨斗，再拿一块上好的黄绸来！"

修百长与刘副官立时奔出门去。升皇旗表明有高官驾临宣旨，如此一来，须得派出兵士在镇内布下警戒，众百姓务必关起各家门窗，留在室内不得外出。

刘副官率先返回，送上一只黄铜平底锅，锅内满满盛着红热的炭火。狄公抓起锅子的长柄，先将圣旨熨平，又放在黄绸上卷起，这时修百长进来道是皇旗已经升起，所有命令也已传下。

“好。修百长立即骑马前去碧水宫，将这圣旨呈给康把总过目，再与他同去文总管处，就说钦差命他二人立即前来此处，尽量少带侍从，预备在楼下的大堂内会面。我原想召主事太监雷公公同来，奈何宫有宫规，无论发生何事，雷公公都不得离开碧水宫。令他二人务必绝对保密，你必须亲自盯紧，使他们不得自行毁去其官署内的任何文书字纸，或是命他人毁去。你还须传话说钦差十分关心八仙夫人的病情，相信御医已悉心诊治过。且将我的身份文书还来！”

修百长打开上了锁的抽斗，躬身施礼，随即呈上官文。狄公又道：“你我最好依礼行事。你命文总管取一顶御史的官帽和一条黄绶带给你。我姑且省去官服，你先将官帽和绶带给我送来，过后再请二位客人进入大堂。今早定会十分忙碌，快去吧！”

修百长被这一连串意外之事弄得一头雾水，心里纵然十分不解，口中却问不出一句话来，含糊咕哝几声，两手恭敬地接过圣旨，奔出门去。

狄公对端立一旁的刘副官说道：“先替我拿一碗可口的面条！”随后坐在修百长的桌案旁，悠悠然吃罢早饭，命刘副官带路去楼下大堂。

较之通常的县衙大堂，此处显得地方略小，不过后方平台上仍立着一张常见的高桌，桌上蒙着一幅红布，旁边另有一张小桌，专为军中录事所设。案桌后方还靠墙立着一张高几，上面摆一只青铜香炉，地上铺着青石板。

“刘副官，将那张低桌撤去，在案桌左右两旁各放一把圈椅，再送一大壶热茶来！”

狄公坐在案桌后的座椅中。刘副官送来一只青花瓷壶，倒了一杯茶水，狄公命他守在外面，除了文总管、康把总与修百长之外，其他人一概不得入内。狄公靠坐在椅背上，缓捋长髯，环视空荡荡的大堂，不禁想起蒲阳县衙。若是事事顺利，再过一两天，自己便可返回彼处。

几杯茶水下肚后，只见修百长走入并呈上黄卷。狄公起身离座，焚起铜香炉，将黄卷恭送至炉前，此处十分尊贵，专门用来供奉圣旨。修百长打开一个红绸包裹，狄公摘下头上的黑便帽，换上一顶镶金黑绒乌纱高帽，帽檐前方饰有代表高位的金色官徽，又将一条宽阔的黄带披在肩头，重又坐回椅中，命修百长引客入内。

双扇门一时齐开，只见文总管大步走入，身着宽大的绛紫绣金锦袍，头戴一顶三层高帽，颇有威仪，后面跟着康把总，穿一件镀金锁子甲，披着闪亮的胸甲肩甲，看去辉煌耀眼。二人躬身施礼时，康把总头顶金盔上镶的彩色长羽拂过地面。二人又一路走到案桌前，跪在青石板地上。

狄公简短说道："二位请起。此次会面不必拘礼，因此许你二人在左右就座。修百长站在门口，不得令人进来搅扰。"

二位来客僵硬地坐下，康把总将长剑横担在膝头。狄公缓缓喝完茶水，直坐起来，开口说道："圣上命我勘查碧水宫中最近发生的不法之事——那项链本是皇家珠宝，属于三公主殿下所有，竟至失踪不见。身为宫内三位高官，你二人与雷公公对此皆有责任。兹事体大，相信二位皆是心知肚明，我也无须再提。"

文总管与康把总听到此处，一同躬身施礼。

"如今查案已毕，你我这就去碧水宫。为了呈上案报，我还得命雷公公请求公主殿下恩准赐见。不过，项链失窃一案碰巧与发生在河川镇内的另一桩罪案颇有关联。为了澄清种种复杂的情势，我得先去处置那桩人命案，须有二位在场。"狄公说罢，起身离座，"还请二位随我一道前去渔王客栈。"

十九

空空荡荡的街中，两乘挂有锦帘的大轿停在路边，各自备有十二名轿夫。轿子前后还各有一队兵士护卫，人人全身披挂，手持长戟。

狄公走入文总管的官轿，示意他也进来同坐。二人一路默默无语，不消片时便已行至渔王客栈。

魏诚正站在大厅内，与十来个客人一同议论驾临河川镇的高官究竟是谁。狄公留意到人群中有个年轻女子，身材纤弱，容貌清秀，身着简素的珠灰色长裙，旁边站着一个仪表堂堂的青年后生，头戴一顶学者的黑帽，腋下挟有一把装在锦套内的月琴，想必在楼下客房中弹琴奏乐的便是这二人了。狄公转头一看，修百长已率先奔进门去，旁边跟着一向沉着的刘副官，于是开口命道："让众人离开大厅！再让你的手下搬三张座椅来，靠着后墙摆好。"

狄公自行坐在正中，示意文总管康把总在左右落座，又对修百长说道："带掌柜魏诚过来！"

两名兵士引着魏诚走入。魏诚看见三人，不禁大吃一惊。兵士按着他跪倒在地。

狄公对左右二人说道："半月之前，此人前去报官，道是其妻与一相好私奔出走。"

文总管揪一揪灰白的山羊胡，恼怒说道："如此下等贱民的秽事，钦差当真以为会与我等身居高位者……"

"一点不错。"狄公说罢，转头厉声喝道，"魏诚，你生性吝啬，爱财如命，虽说原本并非罪过，却会因此而作奸犯科。就拿你来说，正是因此而犯下了十恶不赦的杀人罪。你无法容忍失去银钱，也无法容忍失去妻子。你对她虽无情意，却将她看作是自己的财物，断不能让他人拐走。你一心以为手下账房戴民与她眉来眼去，"说到此处，抬手一指槅扇屏风，"于是整日坐在那张书桌后面，紧紧盯住你妻与戴民，还不时偷听他二人的谈话。当你发觉戴民在抽斗内的地图上画出一条路线时，便认定戴民正盘算着与你妻一道私奔。依我看来，你这一推断有误，但也无从确证，只因戴民已死，你妻也已不在人世。半月之前，正是你谋害了她的性命。"

魏诚面如土色，出声叫道："没有这事！小民可以对天发誓，明明是那可恶的贱人离我而去！她……"

"休得胡言乱语！你已犯下两个错，足致命丧法场。你并无妻子不贞的实据就贸然杀人，结果便是将被砍头示众。其一，你总埋怨她花钱太多，害得她常去九云客栈吃人家白送的豆沙角，就在你下毒手的当晚，那掌柜还送过她几个。其二，你又是因为吝啬成性，事后并未毁去她的所有衣物，不但不曾烧掉，反而打算卖到当铺里去。一个女人若是私奔，绝不会留下自己最心爱的衣裙，定会带走她十分中意的大红锦褂。”狄公说罢，站起身来，“诸位，本官这就带你们去后院仓房。修百长，吩咐左右将人犯拿下，并与刘副官一道同来。”

狄公穿过掌柜的账房，走到后院。枯树长草之间忽然冒出这许多衣饰耀眼的人物，令笼中的母鸡受惊不小，一齐咯咯叫个不停。

狄公走入霉味浓重的仓房，推开几张挡路的破旧座椅，直走到一堆麻袋跟前，正是昨晚曾躺下歇息的地方。这里仍有许多蚂蚁，从一块破裂的地砖中爬出，列队经过麻袋，消失在墙上的一个小洞内，似有一块灰皮掉落下来。狄公看过后，随即立起走开。

文总管手笼袖中，神色傲慢，分明表露出对如此行事难以苟同，然而又不得不听命于钦差。康把总疑惑地瞥了修百长一眼，修百长正扬起双眉直瞪着刘副官，而刘副官却两眼紧紧盯在狄公身上。魏诚站在门口，夹在两名兵士之间，垂头望向地面。

狄公抬手一指麻袋上方，说道:“有人动过这一块墙面，手法颇为粗陋。刘副官，去灶房里拿一柄斧子和一根撬棍来!”说罢若有所思地捋着长髯，想起昨晚房内昏暗，自己并未看出这一片墙面重新刷过，又低头注视曾将自己绊倒的空口袋，里面显然装过白石灰。至于睡梦中那可怕的情景……狄公不禁疑惑地摇一摇头。

刘副官刚刚撬开几块砖石，一股恶臭之气立时冒出，弥漫在整个房中。文总管迅速退后几步，用衣袖掩住口鼻。刘副官用力一撬，一大片砖头哗哗落在地上。魏诚转身想要跑出门去，却被两名兵士紧紧揪住胳膊。

墙洞内立着一个女子，身穿蓝裙，衣服上沾满石灰与干硬的灰浆，头颅低垂在胸前，看去十分古怪，一头乱发披散下来，全身缓缓瘫倒在地。魏诚见此情景，不禁大叫出声。

从女人的左袖中掉出两只豆沙角，大半已腐，外面黑压压爬满了蚂蚁。狄公俯身看过，抬手一指，冷冷说道:“魏诚，看来你当日行事仓促，在将尸体封入墙内之前，竟未查看过她的衣物，实为大错。正是这豆沙角招来了蚂蚁，这些辛勤劳作的小生灵为我提供了一条藏尸的线索。你究竟是如何谋害其妻的，还不从实招来!”

魏诚垂头嗫嚅道:“那……那是在晚饭时候，所有伙计正在客房中忙着招呼客人用饭。我在账房内掐死了她，然后挪到这里……她……”说到此处，忽然失声痛哭起来。

狄公命道：“修百长，魏诚这杀人犯交你讯问。刘副官，将人犯关入大牢。”说罢转身朝外走去，示意众人跟随，穿过大厅时，抬手一指柜台，“修百长，取下所有抽斗，带到大堂中去，所有物事务必都在里面！诸位，我们这就转回兵营。”

在官轿中，文总管首度开腔说道：“钦差断得实在精彩。不过，这只是一桩贱民做下的粗鄙命案，敢问与宫内失窃的大事有何关联？”

狄公从容答道：“即刻便知分晓。”

二十

众人返回大堂，狄公命修百长将两只抽斗放在案桌上，再送来一大碗温热的碱水和一方轻软白绸。

狄公坐在案桌旁，自行斟出一杯茶水，三人默默等候。一时修百长返回，将瓷碗与白绸送上。狄公说道："本官这就说项链一事。此物被渔王客栈的账房戴民窃去，而他则是受了黑帮雇佣，这伙歹人暂居于河川镇内。"

康把总直坐起来，急急问道："请问钦差，项链是如何被盗走的？"

"黑帮头目给戴民详述了一番如何从外面潜入宫内行窃，说来便是游过护城河，摸到西北望楼，顺着北面宫墙下的一道暗礁走去，沿墙爬上公主殿下所在的亭阁，那项链正好放在月洞门左边的条几上，只需伸手进去便可拿到。至于这一防卫上的严重疏漏，本官相信康把总定会立即传令下去，以绝后患。"

康把总躬身施礼，长叹一声，靠坐在椅背上。狄公接着说道："戴民窃走项链后，决意不交给雇主，想要私自藏过，以后再将珠子逐个儿卖出。”

文总管怒道：“真是胆大包天！这可是欺君之罪！那人理应受到……”

“戴民只是个心思简单的后生，并没想到如此行径会有何等后果。他以为魏太太已先去十里村等候，为了赢得那女人的芳心，他想要弄到一笔钱财。你我不必对他过于苛责。这后生终日劳作，日子过得沉闷无味，一心想翻山越岭，远走他乡，与心上人一起快活度日。多少人都是同有此念。”狄公说罢，手捋长髯，瞥了一眼面色漠然的康把总，接着叙道，“戴民离开碧水宫后，先回到渔王客栈，过不多久便出门上路，却在半道中被那伙歹人截住。他口称自己没有拿到项链，于是遭到酷刑折磨，至死也不曾吐露将项链藏在何处。修百长，本官想听听你的证言。”

修百长闻听此言，立即跪倒在地。

“你且报上戴民的尸体在河中被捞起后，你从尸身上有何发现！”

“回钦差，他只穿着一件外褂，衣袖中有一包自家名帖，一幅本州地图，一串铜钱，共有三十二文，还有一把算盘。”

“本官就问这些。”狄公倾身朝前，接着说道，“诸位，戴民为了藏匿珠琏，想出了一个十分简单却管用的法子。

他剪断链绳，将一堆散珠藏在账房天天要用的一样东西里，人人都不会起疑心。正是此物!”说罢从面前的抽斗中取出算盘，高高举起。

文总管、康把总盯着算盘，似是无法置信。狄公拆开算盘的木框，将穿在档上的深褐色珠子倒入碗内，轻轻摇晃瓷碗，使得珠子在温热的碱水中不停滚动，口中说道:“在用珍珠代替原先的木头算珠之前，戴民先在每颗珠子外面涂了一层东西，正是账房用来粘贴银根的褐胶。这褐胶一旦凝结干硬，即使在河里泡过一夜，仍是纹丝不动，不过热碱水却能将其迅速化开。”

狄公从碗里拈起两粒珠子，放在白绸上小心擦干，托在掌中，给那三人过目，果然圆润莹白，发出纯净闪亮的珠光。

狄公肃然说道:“诸位，这碗里盛的便是皇家珠宝。当着各位在场时，本官将会验明所有八十四颗珍珠是否全在此处。修百长，去拿一根丝线和一根针来!”

文总管盯着瓷碗，两片薄唇紧抿。康把总定定望着狄公平静的面容，套着铁甲的两手紧紧握住横在膝头的长剑。

修百长片刻即回，立在案桌旁，揩净珍珠，又拿针线一一串起，手指虽然粗短，动作却异常灵活。狄公数了一遍，果然不多不少八十四颗，于是将项链纳入袖中，说道：“那伙歹人搜过戴民的尸身，甚至切开他的小腹，却从未多看一眼那把算盘。人人都以为账房先生必会带着算盘。藏在此处最为显眼，因此也是最上策。”

文总管审慎地说道：“这算盘若是从死者身上被人发现，如何又能回到客栈的柜台里去？”

狄公悻悻看了文总管一眼，简短答道：“正是本官亲手送回的，并且全未察觉其中玄机，虽说当时尚不知晓项链失踪一事，不过之后理应想起，省悟得实在太迟——不过总还及时。”说罢站起身来，转身冲着条几深深一揖，两手捧起圣旨，对修百长命道：“你即刻便去客栈，了结那边所有事务。”又对文康二人说道：“我等这就前去碧水宫。”

一行人马刚一经过护城河上的汉白玉石桥，宫门便立时开启，两乘官轿一径入内。

一群守卫在前庭中手持兵器，排成两列。狄公从轿窗中探头出去，示意军校过来：“上次本官假扮作梁大夫前来，晚间离宫时，放在轿中的宝剑被人取走了。命你务必立即找到此物，切记剑身上刻有‘雨龙’两个金字。”见那军校领命行礼，又对文总管说道：“如今可以径去总管的官署。”

二人在一座高大的厅堂前走下轿子。狄公对康把总示意，然后迈步走入。在文总管的书案旁，师爷正与三名侍臣低声交谈，见此情形，连忙跪倒在地。

狄公从袖中取出黄卷，开口说道："你且起来，报上八仙夫人的情形！"

师爷踉跄立起，手笼袖中深深一揖："回钦差，御医报说八仙夫人突然罹患脑热，在此溽暑时节，倒也并非异事。她因病生出臆想，服用了安神药后便沉睡过去，今早大有起色，已从诊疗之所转回公主殿下的住处去了。"

狄公点点头，说道："秘密银柜在何处？"

师爷面露犹疑之色，不由自主朝墙上悬挂的画卷迅速一瞥。狄公看在眼里，直走过去，将画卷推到一旁，指着墙内四方形密柜的厚重铁门，对文总管命道："打开！"

狄公缓捋长髯，坐在高高的书案旁，翻阅着从柜中取出的文书，其中包括机密的私人文告，或是与管辖碧水宫有关的重要官书，并无与三公主私事有关之物，也从未涉及窃取项链一事，于是起身离座，将其放回原处，示意文总管重又上锁："康把总，带本官去你的官署。文总管也一道前来。"

此处陈设简朴，却极为整洁。窗外有一个阔大的庭院，四面围墙环绕，几名兵士正在练习射箭。康把总打开地上的铁柜，狄公查看了一番，亦无可疑之物，于是反剪两手，说道：“四天之前，将近午夜时分，宫内出过一点骚乱，本官想听你报上此事。”

康把总从简朴的书桌上拉出一只抽斗，取出一大本簿册，放在狄公面前。每一页上清晰地划分成小方格，并标有数目，记录着守卫轮值的时刻。康把总翻到当日记录，仔细看过页边写的小注，抬头说道：“子初二刻，宫内西北角六进庭院中的凉亭屋顶突然失火，当时小校正在宫中别处，但是手下副官立即派了一队兵士前去，没费多少气力便将火扑灭。不过，似是雷公公看见冒烟后，便下令在那整片地方立即布下警戒，以保证不会有火星飘到公主殿下的住处去。小校手下向西边和北边城墙上的守卫发出指令，丑初时刻，他们方才回到原先的地方去。”

“此事可有证明？”

康把总翻过一页，只见一条红纸贴在上面，盖有雷公公的印章，还有几行字迹潦草的指令。

狄公点头说道：“诸位，如今我们同去雷公公的官署。”

钦差驾临的消息已然传遍了整个碧水宫。雷公公官署前的卫兵一见三人过来，立时推开大门，那名胖太监急急奔出相迎，跪在地上叩头。

二人赏看园中珍卉

狄公对文康二人说道："二位就在这廊中等候。本官须得进去征得雷公公同意，好穿过金玉桥。"

狄公叩响金漆大门，见里面无人应答，于是自行走入，回手掩上房门。

雅致的书斋内空无一人，一股旧书的霉味与窗台上兰花的浓郁香气混在一处。狄公朝外望去，只见一名老者立在园中一块大石下，身着简素的长袖晨服，头戴家常纱帽。狄公出门走入园中，沿着砖石铺成的窄径，在小鱼池与花树之间蜿蜒穿行。树上有各色小鸟正婉转啼鸣，绿叶上的露水闪闪发亮。

雷公公转身打量着狄公，说道："狄钦差，昨晚发生了一件了不得的事！你瞧，这稀有的兰花骤然开放！看这纤巧的花瓣，还有丝绒一般的颜色！此花乃是老夫让人专门从南边弄来的，亲手照料了整整三个月，不过从没敢指望竟会开出花来！"

狄公俯身看去，只见那兰花大如手掌，植根于一棵背靠太湖石的棕榈树干上，黄色的花瓣上显出紫黑斑点，形似兽皮，散发出一股独特的清香。

"须得说我从未见过这般东西。"狄公站直说道。

"以后你也不会再见到。"雷公公徐徐说罢，用修长的指甲捏住花枝，将兰花凑到鼻孔前，轻轻来回摇晃，"前天你到这里，老夫立时便看出你绝非一个平常大夫。看见老夫和那站在后面的亲信杀手，你理应吓得浑身哆嗦，甚而卑躬屈膝才是，但是你十分沉着，还与老夫谈玄论理，好似你我平起平坐一般。下回要是再假扮他人，当心不可流露出自家本性来！”

“你千方百计想要除掉本官，不过运气总在我这边。我即刻便将项链交还给公主殿下，为了跨过金玉桥，特来请你同意放行。”

雷公公伸出一只枯手环住兰花：“还请狄钦差莫要误会老夫。不错，我曾经想拥有权力，一旦得知圣上不可告人的秘密，便能握有无上的大权。不过，我另有一个非常特别、更为强烈的愿望，我想把三公主永远留在身边，想要悉心照料她，就如同悉心照料这珍贵的兰花一般。我想每天看见她，听到她悦人的声音，知晓她所做的每一桩事……长有此日。事到如今，她很快就要被一个粗鲁的丘八给糟蹋了……”

突然，雷公公用指爪般的枯手将兰花捏成一团，抛在地上，厉声说道：“你我进屋去吧，老夫长年饱受各种病痛折磨，又到了该服药的时候。”

狄公跟随在后，走入书斋。

雷公公坐在宽大的雕花圈椅中，打开上锁的抽斗，取出一个水晶小葫芦，瓶口处用一条红丝带封住，正要拔去塞子时，狄公闪身上前，牢牢擒住那只枯瘦的手腕，断然说道："恶阴谋必须被连根带枝、统统铲除才是。"

雷公公放下水晶瓶，伸手一按桌面边沿刻出的一朵花蕾图样，露出浅浅一只抽斗，里面放着一只封起的信袋。他拈起此物，递给狄公，两片青紫薄唇歪斜一下，露出轻蔑的冷笑，"所有人都在里面，只管将他们用刑弄死！即使到了阴曹地府，这些卑贱的魂灵仍将服侍老夫，就像奴仆一般！"

狄公拆开封口，只见里面有几条薄薄的纸片，每一张上写着人名与官职，还标有日期与赏钱数目，字迹全如蜘蛛一般细密，不禁点一点头，将信封纳入袖中。

雷公公拔下水晶葫芦上的塞子，将里面的透明物事统统倒入一只茶杯里，随即一口喝干，朝后靠坐在椅背上，青筋毕现的两手紧紧握住左右扶手，闭起两眼，呼吸变得急促，又抬手捂住胸口，孱弱的全身剧烈震颤，青紫的口唇忽然翕动一下："老夫准许你通过金玉桥。"说罢头颅朝下一沉，两手无力地垂落至膝头。

二一

文康二人在廊上默然立等，心中颇觉惶惶，胖太监依旧跪在地上。

狄公关起朱漆大门，将信封递给文总管，说道："所有参与密谋之人全在其中，还请文总管回到官署，立即捉拿要犯，之后再详加审问。康把总且随我来，本官已得到雷公公的允许，可以通过金玉桥。"又对胖太监命道："前面带路！"

三人走到金玉桥下，胖太监敲响了挂在一根汉白玉石柱上的小金锣。过了半晌，从桥对面的房舍中出来四名宫女，狄公与康把总走过桥去。狄公对宫女道是钦差求见，随后被引入一间厢房中。二人等待许久，仍不见公主露面，想必正在洗漱。

两名宫女终于出来，引着狄公与康把总走上一道长廊，行至殿内东边一座阳台下，上有屋檐，周围竖着一排朱漆大柱。此处景象开阔，可以望见通向山间的树林。三公主立在最远处的大柱旁，手持一柄团扇，身后站着一位孱弱的老妇，灰白头发从高耸的前额朝后梳去。狄公与康把总双双跪下。

三公主朗声命道："狄仁杰，起来回话！"

狄公从地上立起，双手捧上黄卷。康把总仍旧跪在地上。

"微臣有幸将此圣旨交还给殿下。"

三公主用扇子示意一下，老妇上前取过黄卷。狄公留意到她腕上戴着一只白玉手镯，刻有盘龙纹样。

"微臣还欲将项链交与殿下。现已查明，贼人确是从宫外潜入，正如微臣首次幸蒙召见时，殿下所亲口惠示的一样。"

三公主伸出纤纤玉手，狄公深深一揖，献上项链。三公主握珠在手，轻轻一捻，对狄公说话时，两眼却看着康把总："狄仁杰，你再重述一遍，当日曾对你说过的最末一句话。"

"殿下曾经说过，命微臣寻回项链，并将终身幸福悉数托付在微臣手中。"狄公一字一句地念道。如今在光天化日之中，公主的玉容历历在目，颧骨线条分明，下颌轮廓显得坚毅果决，狄公看在眼里，不觉暗自一惊。

"康把总，如今你该是心中明了。你我不久便会重逢，在那红烛高烧之时。"

康把总起身走上前去，眼中熠熠有光，与公主四目相对，彼此深情凝望。老妇看着这一对高挑清俊的璧人，苍白疲惫的面上露出微微一笑。

狄公疾步朝门口走去，两名宫女引路转回金玉桥，胖太监仍在对面等待，恭敬地引路走回正门。狄公说道："你且去照看雷公公，恐怕他颇觉不适。"说罢坐入轿中，命守卫带路去文总管处。

走廊中满是兵士，还有身着黑衣与灰衣的大汉，人人皆是全身披挂，胳膊上套着写有"特"字的大红臂章，看见狄公，一齐躬身行礼。文总管正立在书案旁，弯腰打量着摆在案上的许多薄纸条，抬头说道："启禀钦差，要犯已被统统拿获！这些败类之中，居然也有我的手下，实在令人抱憾。至于雷公公，不知钦差有何高见？如今尚不能将他一并拿下，除非有了……"

"雷公公已死于心病猝发。文总管提审案犯时，还请留意一个姓郝之人。昨晚郎六在渔王客栈中被害身亡，正是此人及其同伙一手做成。务必将他们处以极刑。"

文总管深深一揖，指着自己的座椅，说道："钦差请坐，好让下官解释一番……"

狄公摇一摇头，取下头上的乌纱官帽，轻轻放在案上，重又戴回自己的黑便帽，又摘下披在肩头的黄带，放在官帽一旁:“我已将圣旨还给公主殿下，从此刻起，只是蒲阳县令而已。一应事务，全都交给总管裁断。”

文总管两眼犀利地盯住狄公，“你是说不想趁此机会……莫非你不知道如今大可入京高就？本官将十分乐意提议……”

“总管明鉴，下官只想早日返回蒲阳。”

文总管对着狄公定定注视良久，摇一摇头，走到条几旁，拿起一件物事递上，正是狄家的雨龙剑。狄公将宝剑负在背后，文总管肃然说道:“狄县令在蒲阳突袭普慈寺，惩处了寺内一干淫僧，使得朝中佛徒对你怀恨在心，如今又与势力广大的阉党公然作对。老夫想让狄县令明白一事，你已惹恼了朝廷里的敌人，但也赢得了可靠的朋友，老夫便是其中之一。”说罢两片薄唇一勾，头一次面露微笑。

狄公深深一揖，出门而去。门口的队正询问要不要一乘轿子，狄公却说更想要一匹快马。两扇大门齐开，狄公驱马驰过汉白玉石桥。

二二

狄公策马踏入松林，阳光照在背后，甚觉温暖，心知已近正午时分，深吸一口清气，只觉精神大振，在富丽堂皇的碧水宫内奔忙了许久，如今身在此处，着实令人快慰。狄公挺一挺双肩，想到当今圣上的令名并未横遭玷污，不禁深感自豪。宫廷中总会有种种阴谋——要统辖如此一个庞大帝国，此乃不可避免之弊病。不过，只要身居上位者始终清正贤明，天下仍会太平无事。狄公一路前行，马蹄踩在厚密的松针上，几乎不曾发出声响。

忽然，狄公勒紧缰绳。只见葫芦先生出现在前方转弯处，依旧蜷坐在驴背上，一对拐杖横担在身后，拴着红绳的葫芦系于腰间，此时勒住坐骑，浓眉下双目一扫："看见狄县令仍旧戴着便帽，老夫心中甚慰，就知道那一纸朱笔黄卷并不能移你本性。你的葫芦又在何处?"

"晚生将它留在了渔王客栈中。离开河川镇之前，还能再会先生，真是不胜欣喜。"

"这是你我第三次相遇，也是最末一次了。人生如自然一样，也在周而复始的循环之中。你我今生萍水相逢，只有短短的一瞬。碧水宫里可有什么消息？”

“晚生已将项链交还给令嫒，想必过不多久，她与康把总订婚的消息便会传出。敢问先生究竟是谁？”

“不如说曾经是谁。既然你已知晓了许多内情，说出此事倒也无妨。多年以前，老夫曾是一名军中将领，远赴北方与突厥人作战。我有一个秘密的心上人，临行分别时，她已怀有我的骨血。在最后一役中，老夫身受重伤，只因胯下坐骑被人刺死，倒地时压断了我的两腿，于是我被突厥人捉去，做了整整十五年最低贱的奴隶，自此悟出世间权柄皆为虚空。我本该自行了断，然而每每念及所爱之人，便又忍辱苟活下来。后来我终于脱身逃走，返回中原故土，方才得知伊人已逝。当年我刚刚出征后，她被选作皇妃，后来生下一女，狄县令猜得不错，正是三公主。当初她被选入宫时，已非处子之身，宫内太监未能查明此事，生恐因此受到责罚，于是便将小女当作公主录入玉牒之中。此事令我悟到世间情爱亦为虚空，从此便出家为道，云游四方，要说世上唯一的牵挂，便是小女的终身幸福。”葫芦先生说到此处，略停片刻，勉强又道，“老夫便是欧阳佩菡。”

狄公缓缓点头，想起确曾听说过此人，乃是一员赫赫有名的猛将，二十五年前战死沙场，举国为之哀悼。

松林里三遇老隐士

胡芦先生接着叙道："葫芦唯有在变空之后才有用处，干硬的外壳才能用来装入东西。对人而言，亦是如此，唯有彻底抛开所有妄念、私欲与幻梦之后，我们才会变得对他人有用。等狄县令将来上了年纪，或许自会明白此理。你我在林中初次相遇时，老夫立时便知晓你是何人，只因曾听人说过你我面貌相仿，且又分明觉察出你果然性情坚毅。正是这随身所携的葫芦，将你我二人头一次牵系在一起，使得行路医师与云游道士自然而然生出关联。老夫虽说笃信无为，然而这一回，心想理应促成一段因果，于是提议小女召见狄县令，之后便只是任由事情自去发展。如今你最好将我忘记，直至有朝一日再度忆起。对于愚人而言，老夫只是一面铜镜，他们非要拿头朝上猛撞，然而对于智者来说，老夫却是一扇门户，他们自可随意出入。"说罢口中轻唤一声，毛驴又朝前徐行。

狄公注目遥望，直至葫芦先生的背影消失在林间，方才策马驰回河川镇。

渔王客栈的大厅内空无一人，只听槅扇后传来说话声。狄公走近一看，却见修百长正坐在掌柜的书案旁，一边振笔疾书，一边与立在座椅旁的采薇说长道短，看见狄公连忙起身，赧然说道："小校正在帮采薇姑娘办理文书，老爷想也知道，有许多公文格目须得填写哩，我还以为……”

“好个主意。本县多谢修百长的热心相助，至于当日托付之事，只可惜我没能四处走动一番，再为你想想该如何管束那些可疑的外路人，实在抱歉。”

修百长面色尴尬，“好说好说。小校的意思是，我本不该……”勉强说了半句，连忙又道，“老爷的两名手下已到此地！他二人前去登记时，小校告知他们可去九云客栈等候。我这就去看一看！”说罢奔出大厅。

采薇冷冷瞥了狄公一眼：“你说有三房太太，总骗不过老天爷去！身为朝中大官，家中定是妻妾成群、女人成堆吧！”

狄公和缓说道：“我并非什么大官，只是一名县令而已，当真只有三房夫人。本县不得不假扮作大夫，且又无法提早对你言明，实在抱歉。”

采薇转而淡淡一笑：“你我总归下河出游过两次，弥足回味！”

这时修百长转回：“小校已经看过，他二人正在九云客栈的大厅内！”

“好好。我这就过去与他们一道用午饭，然后便上路回程。祝你顺心如意，不如说你们二位。”狄公说罢，迅速出门走入街中。